LETTRE

A

M. DE BEAUMONT,

PAR

J. J. ROUSSEAU,

CITOYEN DE GENEVE.

JEAN JAQUES ROUSSEAU,

CITOYEN DE GENEVE,

A

CHRISTOPHE DE BEAUMONT,

Archevêque de Paris, Duc de St. Cloud, Pair de France, Commandeur de l'Ordre du St. Esprit, Proviseur de Sorbonne, &c.

Da veniam si quid liberius dixi, non ad contumeliam tuam, sed ad defensionem meam. Præsumsi enim de gravitate & prudentiâ tua, quia potes considerare quantam mihi respondendi necessitatem imposueris.

Aug. Epist. 238 ad Pascent:

A AMSTERDAM,
Chez MARC MICHEL REY,

M. DCC. LXIII.

JEAN JAQUES ROUSSEAU,

Citoyen de Genève,

A

CHRISTOPHE DE BEAUMONT,

Archevêque de Paris.

POURQUOI, faut-il, Monſeigneur, que j'aye quelque choſe à vous dire? Quelle langue commune pouvons-nous parler, comment pouvons-nous nous entendre, & qu'y a-t-il entre vous & moi?

CEPENDANT, il faut vous répondre; c'eſt vous-même qui m'y forcez. Si vous n'euſſiez attaqué que mon livre, je vous aurois laiſſé dire: mais vous attaquez auſſi ma perſonne; &, plus vous avez d'autorité parmi les hommes, moins il m'eſt permis de me taire, quand vous voulez me deshonorer.

JE NE puis m'empêcher, en commençant cette Lettre de réfléchir ſur les bizarreries de ma deſtinée. Elle en a qui n'ont été que pour moi.

J'ETOIS né avec quelque talent, le public l'a jugé ainſi. Cependant j'ai paſſé ma jeuneſſe dans une heureuſe obſcurité, dont je ne cherchois point à ſortir. Si je l'avois cherché, cela même eût été une bizarrerie que durant tout le feu du premier âge je n'euſſe pu réuſſir, & que j'euſſe trop réuſſi dans la ſuite, quand ce feu commençoit à paſſer. J'approchois de ma quarantième année, & j'avois, au lieu d'une fortune que j'ai toujours mépriſée, & d'un nom qu'on m'a fait payer ſi cher, le repos & des amis, les deux ſeuls biens dont mon cœur ſoit avide. Une miſérable queſtion d'Académie m'agitant l'eſprit malgré moi me jetta dans un métier pour lequel je n'étois point fait; un succès inattendu m'y montra des attraits qui me séduisirent. Des foules d'adversaires m'attaquerent sans m'entendre, avec une étourderie qui me donna de l'humeur, & avec un orgueil qui m'en inspira peut-être. Je me défendis, & de dispute en dispute je me sentis engagé dans la carriere, presque sans y avoir pensé. Je me trouvai devenu, pour ainsi dire, Auteur à l'âge où l'on cesse de l'être, & homme de Lettres par mon mépris même pour cet état. Dès-là je fus dans le public quelque chose : mais aussi le repos & les amis disparurent, Quels maux ne souffris-je point avant de prendre une assiette plus fixe & des attachements plus heureux? Il fallut dévorer mes peines ; il fallut qu'un peu de réputation me tînt lieu de tout. Si c'est un dédommagement pour ceux qui sont toujours loin d'eux-mêmes, ce n'en fut jamais un pour moi.

Si j'eusse un moment compté sur un bien si frivole, que j'aurois été promptement désabusé! Quelle inconstance perpétuelle n'ai-je pas éprouvée dans les jugements du public sur mon compte! J'étois trop loin de lui ; ne me jugeant que sur le caprice ou l'intérêt de ceux qui le menent, à peine deux jours de suite avoit-il pour moi les mêmes yeux. Tantôt j'étois un homme noir, & tantôt un ange de lumiere. Je me suis vu dans la même année vanté, fêté, recherché, même à la Cour ; puis insulté, menacé, détesté, maudit : les soirs on m'attendoit pour m'assassiner dans les rues ; les matins on m'annonçoit une lettre de cachet. Le bien & le mal couloient à peu près de la même source ; le tout me venoit pour des chansons.

J'ai écrit sur divers sujets, mais toujours dans les mêmes principes : toujours la même morale, la même croyance, les mêmes maximes,

& , si l'on veut, les mêmes opinions. Cependant on a porté des jugements opposés de mes livres, ou plutôt de l'Auteur de mes livres ; parce qu'on m'a jugé sur les matieres que j'ai traitées, bien plus que sur mes sentiments. Après mon premier discours, j'étois un homme à paradoxes, qui se faisoit un jeu de prouver ce qu'il ne pensoit pas : après ma lettre sur la Musique Françoise j'étois l'ennemi déclaré de la Nation ; il s'en falloit peu qu'on ne m'y traitât en conspirateur ; on eût dit que le sort de la Monarchie étoit attaché à la gloire de l'Opéra ; après mon discours sur l'Inégalité, j'étois athée & misantrope ; après la lettre à M. d'Alembert, j'étois le défenseur de la morale chrétienne ; après l'Héloïse, j'étois tendre & doucereux ; maintenant je suis un impie ; bientôt peut-être serai-je un dévot.

Ainsi va flottant le sot public sur mon compte, sachant aussi peu pourquoi il m'abhorre, que pourquoi il m'aimoit auparavant. Pour moi, je suis toujours demeuré le même ; plus ardent qu'éclairé dans mes recherches, mais sincere en tout, même contre moi ; simple & bon, mais sensible & foible, faisant souvent le mal & toujours aimant le bien ; lié par l'amitié, jamais par les choses, & tenant plus à mes sentiments qu'à mes intérêts ; n'exigeant rien des hommes & n'en voulant point dépendre, ne cédant pas plus à leurs préjugés qu'à leurs volontés, & gardant la mienne aussi libre que ma raison ; craignant Dieu sans peur de l'enfer, raisonnant sur la Religion sans libertinage, n'aimant ni l'impiété ni le fanatisme, mais haïssant les intolérants encore plus que les esprits-forts ; ne voulant cacher mes façons de penser à personne, sans fard, sans artifice en toute chose, disant mes fautes à mes amis, mes sentiments à tout le monde, au public ses vérités sans flatterie

& sans fiel, & me souciant tout aussi peu de le fâcher que de lui plaire. Voilà mes crimes, & voilà mes vertus.

Enfin lassé d'une vapeur ennivrante qui enfle sans rassasier, excédé du tracas des oisifs surchargés de leur temps & prodigues du mien, soupirant après un repos si cher à mon cœur & si nécessaire à mes maux, j'avois posé la plume avec joie. Content de ne l'avoir prise que pour le bien de mes semblables, je ne leur demandois pour prix de mon zele que de me laisser mourir en paix dans ma retraite, & de ne m'y point faire de mal. J'avois tort; des huissiers sont venus me l'apprendre, & c'est à cette époque, où j'espérois qu'alloient finir les ennuis de ma vie, qu'ont commencé mes plus grands malheurs. Il y a déja dans tout cela quelques singularités; ce n'est rien encore. Je vous demande pardon, Monseigneur, d'abuser de votre patience: mais avant d'entrer dans les discussions que je dois avoir avec vous, il faut parler de ma situation présente, & des causes qui m'y ont réduit.

Un Genevois fait imprimer un Livre en Hollande, & par arrêt du Parlement de Paris ce Livre est brûlé sans respect pour le Souverain dont il porte le privilege, Un Protestant propose en pays protestant des objections contre l'Eglise Romaine, & il est décrété par le Parlement de Paris; Un Républicain fait dans une République des objections contre l'Etat monarchique, & il est décrété par le Parlement de Paris. Il faut que le Parlement de Paris ait d'étranges idées de son empire, & qu'il se croie le légitime juge du genre humain.

Ce même Parlement, toujours si soigneux pour les François de l'ordre des procédures, les néglige toutes dès qu'il s'agit d'un pauvre étranger. Sans savoir si cet étranger est bien l'Auteur du Livre qui porte son nom, s'il le reconnoît pour sien, si c'est lui qui l'a fait imprimer ; sans égard pour son triste état, sans pitié pour les maux qu'il souffre, on commence par le décréter de prise de corps ; on l'eût arraché de son lit pour le traîner dans les mêmes prisons où pourrissent les scélérats ; on l'eût brûlé, peut-être même sans l'entendre, car qui sait si l'on eût poursuivi plus réguliérement des procédures si violemment commencées, & dont on trouveroit à peine un autre exemple, même en pays d'Inquisition ? Ainsi c'est pour moi seul qu'un tribunal si sage oublie sa sagesse ; c'est contre moi seul, qui croyois y être aimé, que ce peuple, qui vante sa douceur, s'arme de la plus étrange barbarie ; c'est ainsi qu'il justifie la préférence que je lui ai donnée sur tant d'asiles que je pouvois choisir au même prix ! Je ne sais comment cela s'accorde avec le droit des gens ; mais je sais bien qu'avec de pareilles procédures la liberté de tout homme, & peut-être sa vie, est à la merci du premier Imprimeur.

Le Citoyen de Genève ne doit rien à des Magistrats injustes & incompétens, qui sur un réquisitoire calomnieux ne le citent pas, mais le décrétent. N'étant point sommé de comparoître, il n'y est point obligé. L'on n'emploie contre lui que la force, & il s'y soustrait. Il secoue la poudre de ses souliers, & sort de cette terre hospitaliere où l'on s'empresse d'opprimer le foible, & où l'on donne des fers à l'étranger avant de l'entendre, avant de savoir si l'acte dont on l'accuse est punissable, avant de savoir s'il l'a commis.

Il abandonne en soupirant sa chere solitude. Il n'a qu'un seul bien, mais précieux, des amis, il les fuit. Dans sa foiblesse il supporte un long voyage ; il arrive & croit respirer dans une terre de liberté ; il s'approche de sa Patrie, de cette Patrie dont il s'est tant vanté, qu'il a chérie & honorée : l'espoir d'y être accueilli le console de ses disgraces. . . . . Que vais-je dire ? mon cœur se serre, ma main tremble, la plume en tombe ; il faut se taire, & ne pas imiter le crime de Cam. Que ne puis-je dévorer en secret la plus amere de mes douleurs !

Et pourquoi tout cela ? Je ne dis pas sur quelle raison ? mais sur quelle prétexte ? On ose m'accuser d'impiété ! sans songer que le Livre où l'on la cherche est entre les mains de tout le monde. Que ne donneroit-on point pour pouvoir supprimer cette piece justificative, & dire qu'elle contient tout ce qu'on a feint d'y trouver ! Mais elle restera, quoiqu'on fasse ; & en y cherchant les crimes reprochés a l'Auteur, la postérité n'y verra dans ses erreurs mêmes que les torts d'un ami de la vertu.

J'éviterai de parler de mes contemporains ; je ne veux nuire à personne. Mais l'athée Spinoza enseignoit paisiblement sa doctrine ; il faisoit sans obstacle imprimer ses Livres, on les débitoit publiquement ; il vint en France, & il y fut bien reçu ; tous les Etats lui étoient ouverts, par-tout il trouvoit protection ou du moins sûreté ; les Princes lui rendoient des honneurs, lui offroient des chaires ; il vécut & mourut tranquille, & même considéré. Aujourd'hui dans le siecle tant célébré de la Philosophie, de la raison, de l'humanité, pour avoir proposé avec circonspection, même avec respect & pour l'amour du genre humain, quelques doutes fondés sur la gloire même de l'Etre suprême, le défenseur de la cause de Dieu, flétri, proscrit, poursuivi d'Etat en Etat, d'asile en asile, sans égard pour son indigence, sans pitié pour ses infirmités, avec un acharnement que n'éprouva jamais aucun malfaiteur & qui seroit barbare, même contre un homme en santé, se voit interdire le feu & l'eau dans l'Europe presque entiere ; on le chasse du milieu des bois ; il faut toute la fermeté d'un

Protecteur illustre & toute la bonté d'un Prince éclairé pour le laisser en paix au sein des montagnes. Il eût passé le reste de ses malheureux jours dans les fers, il eût péri peut-être dans les supplices, si durant le premier vertige qui gagnoit les gouvernemens, il se fût trouvé à la merci de ceux qui l'ont persécuté.

Echappé aux bourreaux il tombe dans les mains des Prêtres; ce n'est pas là ce que je donne pour étonnant : mais un homme vertueux qui a l'ame aussi noble que la naissance, un illustre Archevêque qui devroit réprimer leur lâcheté, l'autorise; il n'a pas honte, lui qui devroit plaindre les opprimés, d'en accabler un dans le fort de ses disgrace; il lance, lui Prélat catholique un Mandement contre un Autreur protestant; il monte sur son Tribunal pour examiner comme Juge la doctrine particuliere d'un hérétique; &, quoiqu'il damne indistinctement quiconque n'est pas de son Eglise, sans permettre à l'accusé d'errer à sa mode, il lui prescrit en quelque sorte la route par laquelle il doit aller en Enfer. Aussi-tôt le reste de son Clergé s'empresse, s'évertue, s'acharne autour d'un ennemi qu'il croit terrassé. Petits & grands, tout s'en mêle; le dernier Cuistre vient trancher du capable, il n'y a pas un sot en petit collet, pas un chetif habitué de Paroisse qui, bravant à plaisir celui contre qui sont réunis leur Sénat & leur Evêque, ne veuille avoir la gloire de lui porter le dernier coup de pied.

Tout cela, Monseigneur, forme un concours dont je suis le seul exemple, & ce n'est pas tout.... Voici, peut-être, une des situations les plus difficiles de ma vie; une de celles où la vengeance & l'amour-propre sont les plus aisés à satisfaire, & permettent le moins à l'homme juste d'être modéré. Dix lignes seulement, & je couvre mes persécuteurs d'un ridicule ineffaçable. Que le public ne peut-il savoir deux anecdotes, sans que je les dise ! Que ne connôt-il ceux qui ont médité ma ruine, & ce qu'ils ont fait pour l'exécuter ! Par quels méprisables insectes, par quels ténébreux moyens il verroit s'émouvoir les Puissances ! quels levains il verroit s'échauffer par leur pourriture & mettre le Parlement en fermentation ! par quelle risible cause il verroit les Etats de l'Europe se liguer contre le fils d'un Horloger ! Que je jouirois avec plaisir de sa surprise, si je pouvois n'en être pas l'instrument !

Jusqu'ici ma plume, hardie à dire la vérité, mais pure de toute satyre, n'a jamais compromis personne ; elle a toujours respecté l'honneur des autres, même en défendant le mien. Irois-je en la quittant la souiller de médisance, & la teindre des noirceurs de mes ennemis ? Non, laissons-leur l'avantage de porter leurs coups dans les ténèbres. Pour moi, je ne veux me défendre qu'ouvertement, & même je ne veux que me défendre. Il suffit pour cela de ce qui est sû du public, ou de ce qui peut l'être sans que personne en soit offensé.

Une chose étonnante de cette espece, & que je puis dire, est de voir l'intrépide Christophe de Beaumont, qui ne sait plier sous aucune Puissance, ni faire aucune paix avec les Jansénistes, devenir, sans le savoir, leur satellite & l'instrument de leur animosité ; de voir leur ennemi le plus irréconciliable sévir contre moi pour avoir refusé d'embrasser leur parti, pour n'avoir point voulu prendre la plume contre les Jésuites, que je n'aime pas, mais dont je n'ai point à me plaindre, & que je vois opprimés. Daignez, Monseigueur, jetter les yeux sur le sixieme Tome de la nouvelle Héloïse, premiere édition ; vous trouverez dans la note de la page 138 (*) la

(*) Page 282 de la nouvelle Edition faisant le Tome VI. des Oeuvres ; note du Libraire.

véritable source de tous mes malheurs. J'ai prédit dans cette note, (car je me mêle aussi quelquefois de prédire,) qu'aussi-tôt que les Jansénistes seroient les maîtres, ils seroient plus intolérans & plus durs que leurs ennemis. Je ne savois pas alors que ma propre histoire vérifieroit si bien ma prédiction. Le fil de cette trame ne seroit pas difficile à suivre à qui sauroit comment mon Livre a été déféré. Je n'en puis dire davantage sans en trop dire, mais je pouvois au moins vous apprendre par quels gens vous avez été conduit sans vous en douter.

Croira-t-on que quand mon Livre n'eût point été déféré au Parlement, vous ne l'eussiez pas moins attaqué? D'autres pourront le croire ou le dire; mais vous dont la conscience ne sait point souffrir le mensonge, vous ne le direz pas. Mon discours sur l'Inégalité a couru votre Diocèse, & vous n'avez point donné de Mandement. Ma Lettre à M. d'Alembert a couru votre Diocèse, & vous n'avez point donné de Mandement. La nouvelle Héloïse a couru votre Diocèse, & vous n'avez point donné de Mandement. Cependant tous ces Livres, que vous avez lus, puisque vous les jugez, respirent les mêmes maximes; les mêmes manieres de penser n'y sont pas plus déguisées. Si le sujet ne les a pas rendu susceptibles du même développement, elles gagnent en force ce qu'elles perdent en étendue, & l'on y voit la profession de foi de l'Auteur exprimée avec moins de réserve que celle du Vicaire Savoyard. Pourquoi donc n'avez-vous rien dit alors? Monseigneur, votre troupeau vous étoit-il moins cher? me lisoit-il moins? goutoit-il moins mes Livres? étoit-il moins exposé à l'erreur? Non, mais il n'y avoit point alors de Jésuites à proscrire; des traîtres ne m'avoient point encore enlacé dans leurs pieges; la note fatale n'étoit point connue, & quand elle le fut, le public avoit déjà donné son suffrage au Livre, il étoit trop tard pour faire du bruit. On aima mieux différer, on attendit l'occasion, on l'épia, on la saisit, on s'en prévalut avec la fureur ordinaire aux dévots; on ne parloit que de chaînes & de buchers; mon Livre étoit le Tocsin de l'Anarchie & la Trompette de l'Athéisme; l'Auteur étoit un monstre à étouffer, on s'étonnoit qu'on l'eût si long-tems laissé vivre. Dans cette rage universelle vous eûtes honte de garder le silence: vous aimâtes mieux faire un acte de cruauté que d'être accusé de manquer de zèle, & servir vos ennemis que d'essuyer leurs reproches. Voilà, Monseigneur, convenez-en, le vrai motif de votre Mandement; & voilà, ce me semble, un concours de faits assez singuliers pour donner à mon sort le nom de bizarre.

Il y a long-tems qu'on a substitué des bienséances d'état à la justice. Je sais qu'il est des circonstances malheureuses qui forcent un homme public à sévir malgré lui contre un bon Citoyen. Qui veut être modéré parmi des furieux, s'expose à leur furie, & je comprends que dans un déchaînement pareil à celui dont je suis la victime, il faut hurler avec les loups, ou risquer d'être dévoré. Je ne me plains donc pas que vous ayez donné un Mandement contre mon Livre, mais je me plains que vous l'ayez donné contre ma personne avec aussi peu d'honnêteté que de vérité; je me plains qu'autorisant par votre propre langage celui que vous me reprochez d'avoir mis dans la bouche de l'inspiré, vous m'accabliez d'injures qui, sans nuire à ma cause, attaquent mon honneur ou plutôt le vôtre; je me plains que de gayeté de cœur, sans raison, sans nécessité, sans respect, au moins pour mes malheurs, vous m'outragiez d'un ton si peu digne de votre caractere. Et que vous avois-je donc fait, moi qui parlai toujours de vous avec tant d'estime;

moi qui tant de fois admirai votre inébranlable fermeté, en déplorant, il est vrai, l'usage que vos préjugés vous en faisoient faire; moi qui toujours honorai vos mœurs, qui toujours respectai vos vertus, & qui les respecte encore aujourd'hui que vous m'avez déchiré.

C'EST ainsi qu'on se tire d'affaire quand on veut quereller & qu'on a tort. Ne pouvant résoudre mes objections, vous m'en avez fait des crimes: vous avez cru m'avilir en me maltraitant, & vous vous êtes trompé; sans affoiblir mes raisons, vous avez intéressé les cœurs généreux à mes disgraces; vous avez fait croire aux gens sensés qu'on pouvoit ne pas bien juger du Livre, quand on jugeoit si mal de l'Auteur.

MONSEIGNEUR, vous n'avez été pour moi ni humain ni généreux; & non seulement vous pouviez l'être sans m'épargner aucune des choses que vous aviez dites contre mon ouvrage, mais elles n'en auroient fait que mieux leur effet. J'avoue aussi que je n'avois pas droit d'exiger de vous ces vertus, ni lieu de les attendre d'un homme d'Eglise. Voyons si vous avez été du moins équitable & juste; car c'est un devoir étroit imposé à tous les hommes, & les Saints mêmes n'en sont pas dispensés.

Vous avez deux objets dans votre Mandement: l'un, de censurer mon livre; l'autre, de décrier ma personne. Je croirai vous avoir bien répondu, si je prouve que par-tout où vous m'avez réfuté, vous avez mal raisonné, & que par-tout où vous m'avez insulté, vous m'avez calomnié. Mais quand on ne marche que la preuve à la main, quand on est forcé par l'importance du sujet & par la qualité de l'adversaire à prendre une marche pesante & à suivre pied à pied toutes ses censures, pour chaque mot il faut des pages; & tandis qu'une courte satyre amuse, une longue défense ennuie.

Cependant il faut que je me défende ou que je reste chargé par vous des plus fausses imputations. Je me défendrai donc, mais je défendrai mon honneur plutôt que mon Livre. Ce n'est point la profession de foi du Vicaire Savoyard que j'examine, c'est le Mandement de l'Archevêque de Paris, & ce n'est que le mal qu'il dit de l'Editeur qui me force à parler de l'ouvrage. Je me rendrai ce que je me dois, parce que je le dois; mais sans ignorer que c'est une position bien triste que d'avoir à se plaindre d'un homme plus puissant que soi, & que c'est une bien fade lecture que la justification d'un innocent.

Le principe fondamental de toute morale, sur lequel j'ai raisonné dans tous mes Ecrits, & que j'ai développé dans ce dernier avec toute la clarté dont j'étois capable, est que l'homme est un être naturellement bon, aimant la justice & l'ordre; qu'il n'y a point de perversité originelle dans le cœur humain, & que les premiers mouvemens de la nature sont toujours droits. J'ai fait voir que l'unique passion qui naisse avec l'homme, savoir l'amour-propre, est une passion indifférente en elle même au bien & au mal; qu'elle ne devient bonne ou mauvaise que par accident & selon les circonstances dans lesquelles elle se développe. J'ai montré que tous les vices qu'on impute au cœur humain ne lui sont point naturels; j'ai dit la maniere dont ils naissent; j'en ai, pour ainsi dire, suivi la généalogie, & j'ai fait voir comment, par l'altération successive de leur bonté originelle, les hommes deviennent enfin ce qu'ils sont.

J'ai encore expliqué ce que j'entendois par cette bonté originelle qui ne semble pas se déduire de l'indifférence au bien & au mal naturelle à l'amour de soi. L'homme n'est pas un être simple; il est composé de deux substances. Si tout le monde ne convient pas de cela, nous en convenons vous & moi, & j'ai tâché de le prouver aux autres. Cela prouvé, l'amour de soi n'est plus une passion simple ; mais elle a deux principes, savoir, l'être intelligent & l'être sensitif, dont le bien-être n'est pas le même. L'appétit des sens tend à celui du corps, & l'amour de l'ordre à celui de l'ame. Ce dernier amour développé & rendu actif porte le nom de conscience ; mais la conscience ne se développe & n'agit qu'avec les lumieres de l'homme. Ce n'est que par ces lumieres qu'il parvient à connoître l'ordre, & ce n'est que quand il le connoît que sa conscience le porte à l'aimer. La conscience est donc nulle dans l'homme qui n'a rien comparé, & qui n'a point vu ses rapports. Dans cet état l'homme ne connoît que lui ; il ne voit son bien-être opposé ni conforme à celui de personne ; il ne hait ni n'aime rien ; borné au seul instinct physique, il est nul, il est bête ; c'est ce que j'ai fait voir dans mon Discours sur l'Inégalité.

QUAND, par un développement dont j'ai montré le progrès, les hommes commencent à jetter les yeux sur leurs semblables, ils commencent aussi à voir leurs rapports & les rapports des choses, à prendre des idées de convenance de justice & d'ordre ; le beau moral commence à leur devenir sensible & la conscience agit. Alors ils ont des vertus, & s'ils ont aussi des vices c'est parce que leurs intérêts se croisent & que leur ambition s'éveille, à mesure que leurs lumieres s'étendent. Mais tant qu'il y a moins d'opposition d'intérêts que de concours de lumieres, les hommes sont essentiellement bons. Voilà le second état.

QUAND enfin tous les intérêts particuliers agités s'entrechoquent, quand l'amour de soi mis en fermentation devient amour-propre, que l'opinion, rendant l'univers entier nécessaire à chaque homme, les rend tous ennemis nés les uns des autres & fait que nul ne trouve son bien que dans le mal d'autrui : Alors la conscience, plus foible que les passions exaltées est étouffée par elles, & ne reste plus dans la bouche des hommes qu'un mot fait pour se tromper mutuellement. Chacun feint alors de vouloir sacrifier ses intérêts à ceux du public, & tous mentent. Nul ne veut le bien public que quand il s'accorde avec le sien ; aussi cet accord est-il l'objet du vrai politique qui cherche à rendre les peuples heureux & bons. Mais c'est ici que je commence à parler une langue étrangere, aussi peu connue des Lecteurs que de vous.

Voila, Monseigneur, le troisieme & dernier terme, au-delà duquel rien ne reste à faire, & voila comment l'homme étant bon, les hommes deviennent méchans. C'est à chercher comment il faudroit s'y prendre pour les empêcher de devenir tels, que j'ai consacré mon Livre. Je n'ai pas affirmé que dans l'ordre actuel la chose fût absolument possible ; mais j'ai bien affirmé & j'affirme encore, qu'il n'y a pour en venir à bout d'autres moyens que ceux que j'ai proposés.

La-dessus vous dites que mon plan d'éducation, (1) *loin de s'accorder avec le Christianisme, n'est pas même propre à faire des Citoyens ni des hommes* ; & votre unique preuve est de m'opposer le péché originel. Monseigneur, il n'y a d'autre moyen de se délivrer du péché originel & de ses effets, que le baptême. D'où il suivroit, selon vous, qu'il n'y auroit jamais eu de Citoyens ni d'hommes que des Chrétiens. Ou niez cette conséquence, ou convenez que vous avez trop prouvé.

Vous tirez vos preuves de si haut que vous me forcez d'aller aussi chercher loin mes ré-

(1) *Mandement* in-4°. pag. 5. in 12. p. x.

ponses. D'abord il s'en faut bien, selon moi, que cette doctrine du péché originel, sujette à des difficultés si terribles, ne soit contenue dans l'Ecriture ni si clairement ni si durement qu'il a plu au rhéteur Augustin & à nos Théologiens de la bâtir; & le moyen de concevoir que Dieu crée tant d'ames innocentes & pures, tout exprès pour les joindre à des corps coupables, pour leur y faire contracter la corruption morale, & pour les condamner toutes à l'enfer, sans autre crime que cette union qui est son ouvrage? Je ne dirai pas si (comme vous vous en vantez) vous éclaircissez par ce sistême le mistere de notre cœur, mais je vois que vous obscurcissez beaucoup la justice & la bonté de l'Etre suprême. Si vous levez une objection, c'est pour en substituer de cent fois plus fortes.

Mais au fond que fait cette doctrine à l'Auteur d'Emile? Quoi qu'il ait cru son livre utile au genre humain, c'est à des Chrétiens qu'il l'a destiné; c'est à des hommes lavés du péché originel & de ses effets, du moins quant à l'ame, par le Sacrement établi pour cela. Selon cette même doctrine, nous avons tous dans notre enfance recouvré l'innocence primitive; nous sommes tous sortis du baptême aussi sains de cœur qu'Adam sortit de la main de Dieu. Nous avons, direz-vous, contracté de nouvelles souillures: mais puisque nous avons commencé par en être délivrés, comment les avons-nous derechef contractées? le sang de Christ n'est-il donc pas encore assez fort pour effacer entierement la tache, ou bien seroit-elle un effet de la corruption naturelle de notre chair; comme si, même indépendamment du péché originel, Dieu nous eût créés corrompus, tout exprès pour avoir le plaisir de nous punir? Vous attribuez au péché originel les vices des peuples que vous avouez avoir été délivrés du péché originel; puis vous me blâmez d'avoir donné une autre origine à ces vices. Est-il juste de me faire un crime de n'avoir pas aussi mal raisonné que vous ?

On pourroit, il est vrai, me dire que ces effets que j'attribue au baptême (2) ne paroissent par nul signe extérieur ; qu'on ne voit pas les Chrétiens moins enclins au mal que les infidelles ; au lieu que, selon moi, la malice infuse du péché devroit se marquer dans ceux-ci par des différences sensibles. Avec les secours que vous avez dans la morale évangélique, outre le baptême ; tous les Chrétiens, poursuivroit-on, devroient être des Anges ; & les infidelles, outre leur corruption originelle, livrés à leurs cultes erronés, devroient être des Démons. Je conçois que cette difficulté pressée pourroit devenir embarrassante : car que répondre à ceux qui me feroient voir que, relativement au genre humain, l'effet de la rédemption faite à si haut prix, se réduit à peu près à rien ?

Mais, Monseigneur, outre que je ne crois point qu'en bonne Théologie on n'ait pas quelque expédient pour sortir de là ; quand je conviendrois que le baptême ne rémedie point à la corruption de notre nature, encore n'en auriez-vous pas raisonné plus solidement. Nous

(2) Si l'on disoit, avec le Docteur Thomas Burnet, que la corruption & la mortalité de la race humaine, suite du péché d'Adam, fut un effet naturel du fruit défendu ; que cet aliment contenoit des sucs venimeux qui dérangerent toute l'économie animale, qui irriterent les passions, qui affoiblirent l'entendement, & qui porterent partout les principes du vice & de la mort : alors il faudroit convenir que la nature du remede devant se rapporter à celle du mal, le baptême devroit agir physiquement sur le corps de l'homme, lui rendre la constitution qu'il avoit dans l'état d'innocence, &, sinon l'immortalité qui en dépendoit, du moins tous les effets moraux de l'économie animale rétablie.

sommes, dites-vous, pécheurs à cause du péché de nôtre premier pere; mais notre premier pere pourquoi fut-il pécheur lui-même? Pourquoi la même raison par laquelle vous expliquerez son péché ne seroit-elle pas applicable à ses descendans sans le péché originel, & pourquoi faut-il que nous imputions à Dieu une injustice, en nous rendant pécheurs & punissables par le vice de notre naissance, tandis que notre premier pere fut pécheur & puni comme nous sans cela? Le péché originel explique tout excepté son principe, & c'est ce principe qu'il s'agit d'expliquer.

Vous avancez que, par mon principe à moi, (3) *l'on perd de vue le rayon de lumiere qui nous fait connoitre le mistere de notre propre cœur*; & vous ne voyez pas que ce principe, bien plus universel, éclaire même la faute du premier homme, (4) que le votre laisse dans l'obscurité.

---

(3) *Mandement* in-4°. p. 5. in 12 p. xi.

(4) Regimber contre une défense inutile & arbitraire est un penchant naturel, mais qui, loin d'être vicieux en lui même, est conforme à l'ordre des choses & à la bonne constitution de l'homme; puisqu'il seroit hors d'état de se conserver, s'il n'avoit un amour très-vif pour lui-même & pour le maintien de tous ses droits, tels qu'il les a reçus de la nature. Celui qui pourroit tout ne voudroit que ce qui lui seroit utile; mais un Etre foible dont la loi restreint & limite encore le pouvoir perd une partie de lui-même, & réclame en son cœur ce qui lui est ôté. Lui faire un crime de cela seroit lui en faire un d'être lui & non pas un autre: ce seroit vouloir en même tems qu'il fût & qu'il ne fût pas. Aussi l'ordre enfreint par Adam me paroît il moins une véritable défense qu'un avis paternel; c'est un avertissement de s'abstenir d'un fruit pernicieux qui donne la mort. Cette idée est assurément plus conforme à celle qu'on doit avoir de la bonté de Dieu & même au texte de la Genese que celle qu'il plaît aux Docteurs de nous prescrire: car quant à la menace de la double mort, on a fait voir que ce mot *morte morieris* n'a pas l'em-

Vous ne savez voir que l'homme dans les mains du Diable, & moi je vois comment il y est tombé; la cause du mal est, selon vous, la nature corrompue, & cette corruption même est un mal dont il faloit chercher la cause. L'homme fut créé bon; nous en convenons, je crois, tous les deux: Mais vous dites qu'il est méchant, parce qu'il a été méchant; & moi je montre comment il a été méchant. Qui de nous, à votre avis, remonte le mieux au principe?

CEPENDANT vous ne laissez pas de triompher à votre aise, comme si vous m'aviez terrassé. Vous m'opposez comme une objection insoluble (5) *ce mélange frappant de grandeur & de bassesse, d'ardeur pour la vérité & de goût pour l'erreur, d'inclination pour la vertu & de penchant pour le vice*, qui se trouve entre nous. *Etonnant contraste*, ajoûtez-vous, *qui déconcerte la philosophie payenne, & la laisse errer dans de vaines spéculations!*

CE N'EST pas une vaine spéculation que la Théorie de l'homme, lorsqu'elle se fonde sur la

---

phase qu'ils lui prêtent, & n'est qu'un hébraïsme employé en d'autres endroits où cette emphase ne peut avoir lieu.

Il y a de plus un motif si naturel d'indulgence & de commisération dans la ruse du tentateur & dans la séduction de la femme, qu'à considérer dans toutes ses circonstances le péché d'Adam, l'on n'y peut trouver qu'une faute des plus légeres. Cependant selon eux, quelle effroyable punition! Il est même impossible d'en concevoir une plus terrible; car quel châtiment eût pu porter Adam pour les plus grands crimes, que d'être condamné, lui & toute sa race, à la mort en ce monde, & à passer l'éternité dans l'autre dévorés des feux de l'enfer? Est-ce là la peine imposée par le Dieu de miséricorde à un pauvre malheureux pour s'être laissé tromper? Que je hais la décourageante doctrine de nos durs Théologiens! si j'étois un moment tenté de l'admettre, c'est alors que je croirois blasphémer.

(5) *Mandement* in 4°. p. 6. in-12. p. xi.

nature ; qu'elle marche à l'appui des faits par des conséquences bien liées, & qu'en nous menant à la source des passions, elle nous apprend à régler leur cours. Que si vous appellez philosophie payenne la profession de foi du Vicaire Savoyard, je ne puis répondre à cette imputation, parce que je n'y comprens rien (a) ; mais je trouve plaisant que vous empruntiez presque ses propres termes, (6) pour dire qu'il n'explique pas ce qu'il a le mieux expliqué.

PERMETTEZ, Monseigneur, que je remette sous vos yeux la conclusion que vous tirez d'une objection si bien discutée, & successivement toute la tirade qui s'y rapporte.

(7) *L'homme se sent entraîné par une pente funeste, & comment se roidiroit-il contre elle, si son enfance n'étoit dirigée par des maîtres pleins de vertu, de sagesse, de vigilance, & si, durant tout le cours de sa vie il ne faisoit lui-même, sous la protection & avec les graces de son Dieu, des efforts puissans & continuels ?*

C'EST-A-DIRE : *Nous voyons que les hommes sont méchans, quoiqu'incessamment tirannisés dès leur enfance ; si donc on ne les tirannisoit pas dès ce tems-là, comment parviendroit-on à les rendre sages ; puisque, même en les tirannisant sans cesse, il est impossible de les rendre tels ?*

Nos raisonnemens sur l'éducation pourront devenir plus sensibles, en les appliquant à un autre sujet.

SUPPOSONS, Monseigneur, que quelqu'un vint tenir ce discours aux hommes.

» Vous vous tourmentez beaucoup pour cher-

(a) A moins qu'elle ne se rapporte à l'accusation que m'intente M de Beaumont dans la suite, d'avoir admis plusieurs Dieux.

(6) Emile. Tome III. p. 68 & 69. prem. Edition.

(7) *Mandement* in-4°. p. 6. in-12. p. xi.

»cher des Gouvernemens équitables & pour »vous donner de bonnes loix. Je vais premiérement vous prouver que ce sont vos Gouvernemens-mêmes qui font les maux auxquels »vous prétendez remédier par eux. Je vous »prouverai, de plus, qu'il est impossible que »vous ayez jamais ni de bonnes loix ni des »Gouvernemens équitables; & je vais vous »montrer ensuite le vrai moyen de prévenir, »sans Gouvernemens & sans Loix, tous ces »maux dont vous vous plaignez."

Supposons qu'il expliquât après cela son sistême & proposât son moyen prétendu. Je n'examine point si ce sistême seroit solide & ce moyen praticable. S'il ne l'étoit pas, peut-être se contenteroit-on d'enfermer l'Auteur avec les foux, & l'on lui rendroit justice: mais si malheureusement il l'étoit, ce seroit bien pis, & vous concevez, Monseigneur, ou d'autres concevront pour vous, qu'il n'y auroit pas assez de buchers & de roues pour punir l'infortuné d'avoir eu raison. Ce n'est pas de cela qu'il s'agit ici.

Quel que fût le sort de cet homme, il est sûr qu'un déluge d'écrits viendroit fondre sur le sien. Il n'y auroit pas un Grimaud qui, pour faire sa cour aux Puissances, & tout fier d'imprimer avec privilege du Roi, ne vint lancer sur lui sa brochure & ses injures, & ne se ventât d'avoir réduit au silence celui qui n'auroit pas daigné répondre, ou qu'on auroit empêché de parler. Mais ce n'est pas encore de cela qu'il s'agit.

Supposons, enfin, qu'un homme grave, & qui auroit son intérêt à la chose, crût devoir aussi faire comme les autres, & parmi beaucoup de déclamations & d'injures s'avisât d'argumenter ainsi. *Quoi, malheureux! vous voulez anéantir les Gouvernemens & les Loix? Tandis que les Gouvernemens & les Loix sont le seul frein du vice, & ont bien de la peine encore à le contenir,*

Que seroit-ce, grand Dieu! Si nous ne les avions plus? Vous nous ôtez les gibets & les roues; vous voulez établir un brigandage public. Vous êtes un homme abominable.

Si ce pauvre homme osoit parler, il diroit, sans doute. » Très-Excellent Seigneur, votre » Grandeur fait une petition de principe. Je ne » dis point qu'il ne faut pas réprimer le vice, » mais je dis qu'il vaut mieux l'empêcher de » naître. Je veux pourvoir à l'insuffisance des » Loix, & vous m'alléguez l'insuffisance des » Loix. Vous m'accusez d'établir les abus, par- » ce qu'au lieu d'y remédier j'aime mieux qu'on » les prévienne. Quoi! s'il étoit un moyen de » vivre toujours en santé, faudroit-il donc le » proscrire, de peur de rendre les médecins oisifs? » Votre Excellence veut toujours voir des gibets » & des roues, & moi je voudrois ne plus voir » de malfaiteur: avec tout le respect que je lui » dois, je ne crois pas être un homme abominable«.

Hélas! M. T. C. F. malgré les principes de l'éducation la plus saine & la plus vertueuse; malgré les promesses les plus magnifiques de la Religion & les menaces les plus terribles, les écarts de la jeunesse ne sont encore que trop fréquens, trop multipliés. J'ai prouvé que cette éducation, que vous appellez la plus saine, étoit la plus insensée, que cette éducation, que vous appellez la plus vertueuse, donnoit aux enfans tous leurs vices; j'ai prouvé que toute la gloire du paradis les tentoit moins qu'un morceau de sucre, & qu'ils craignoient beaucoup plus de s'ennuyer à Vêpres que de brûler en enfer; j'ai prouvé que les écarts de la jeunesse qu'on se plaint de ne pouvoit réprimer par ces moyens, en étoit l'ouvrage. *Dans quelles erreurs, dans quels excès, abandonnée à elle-même, ne se précipiteroit-elle donc pas?* La jeunesse ne s'égare jamais d'elle-même: toutes ses erreurs lui viennent d'être mal conduite. Les camarades & les maîtresses achevent ce qu'ont commencé les Prêtres & les Précepteurs ; j'ai prouvé cela. *C'est un torrent qui se déborde malgré les digues puissantes qu'on lui avoit opposées : que seroit-ce donc si nul obstacle ne suspendoit ses flots, & ne rompoit ses efforts?* Je pourrois dire : *c'est un torrent qui renverse vos impuissantes digues & brise tout. Élargissez son lit & le laissez courir sans obstacle ; il ne sera jamais de mal.* Mais j'ai honte d'employer dans un sujet aussi sérieux ces figures de College, que chacun applique à sa fantaisie, & qui ne prouvent rien d'aucun côté.

Au reste, quoique, selon vous les écarts de la jeunesse ne soient encore que trop fréquens, trop multipliés, à cause de la pente de l'homme au mal, il paroît qu'à tout prendre vous n'êtes pas trop mécontent d'elle, que vous vous complaisez assez dans l'éducation saine & vertueuse que lui donnent actuellement vos maîtres pleins de vertus, de sagesse & de vigilance, que selon vous, elle perdroit beaucoup à être élevée d'une autre maniére, & qu'au fond vous ne pensez pas de ce siecle *la lie des siecles* tout le mal que vous affectez d'en dire à la tête de vos Mandemens.

Je conviens qu'il est supperflu de chercher de nouveaux plans d'Education, quand on est si content de celle qui existe : mais convenez aussi, Monseigneur, qu'en ceci vous n'êtes pas difficile. Si vous eussiez été aussi coulant en matiere de doctrine, votre Diocèse eût été agité de moins de troubles ; l'orage que vous avez excité, ne fût point retombé sur les Jésuites ; je n'en aurois point été écrasé par compagnie ; vous fussiez resté plus tranquille, & moi aussi.

Vous avouez que pour réformer le monde autant que le permettent la foiblesse, &, selon vous, la corruption de notre nature, il suffiroit d'observer sous la direction & l'impression de la grace les premiers rayons de la raison humaine, de les saisir avec soin, & de les diriger vers la route qui conduit à la vérité. (8) *Par là*, continuez-vous, *ces esprits, encore exempts de préjugés seroient pour toujours en garde contre l'erreur; ces cœurs encore exempts des grandes passions prendroient les impressions de toutes les vertus.* Nous sommes donc d'accord sur ce point, car je n'ai pas dit autre chose. Je n'ai pas ajoûté, j'en conviens, qu'il fallût faire élever les enfans par des Prêtres; même je ne pensois pas que cela fût nécessaire pour en faire des Citoyens & des hommes; & cette erreur, si c'en est une, commune à tant de Catholiques, n'est pas un si grand crime à un Protestant. Je n'examine pas si dans votre pays les Prêtres eux-mêmes passent pour de si bons Citoyens; mais comme l'éducation de la génération présente est leur ouvrage, c'est entre vous d'un côté & vos anciens Mandemens de l'autre qu'il faut décider si leur lait spirituel lui a si bien profité, s'il en a fait de si grands saints, (9) *vrais adorateurs de Dieu*, & de si grands hommes, *dignes d'être la ressource & l'ornement de la patrie.* Je puis ajoûter une observation qui devroit frapper tous les bons François, & vous-même comme tel; c'est que de tant de Rois qu'a eus votre Nation, le meilleur est le seul que n'ont point élevé les Prêtres.

Mais qu'importe tout cela, puisque je ne leur ai point donné l'exclusion; qu'ils élevent la jeunesse, s'ils en sont capables; je ne m'y oppose pas; & ce que vous dites là-dessus (10) ne fait rien contre mon Livre. Prétendriez-vous que mon plan fût mauvais, par cela seul qu'il peut convenir à d'autres qu'aux gens d'Eglise?

Si l'homme est bon par sa nature, comme je

(8) *Mandement* in-4°. p. 5. in-12. p. x.
(9) Ibid.
(10) Ibid.

crois l'avoir démontré ; il s'ensuit qu'il demeure tel tant que rien d'étranger à lui ne l'altere ; & si les hommes sont méchans, comme ils ont pris peine à me l'apprendre ; il s'ensuit que leur méchanceté leur vient d'ailleurs ; fermez donc l'entrée au vice, & le cœur humain sera toujours bon. Sur ce principe, j'établis l'éducation négative comme la meilleure ou plutôt la seule bonne ; je fais voir comment toute éducation positive suit, comme qu'on s'y prenne, une route opposée à son but ; & je montre comment on tend au même but, & comment on y arrive par le chemin que j'ai tracé.

J'appelle éducation positive celle qui tend à former l'esprit avant l'âge & à donner à l'enfant la connoissance des devoirs de l'homme. J'appelle éducation négative celle qui tend à perfectionner les organes, instrumens de nos connoissances, avant de nous donner ces connoissances & qui prépare à la raison par l'exercice des sens. L'éducation négative n'est pas oisive, tant s'en faut. Elle ne donne pas les vertus, mais elle prévient les vices ; elle n'apprend pas la vérité, mais elle préserve de l'erreur. Elle dispose l'enfant à tout ce qui peut le mener au vrai quand il est en état de l'entendre, & au bien quand il est en état de l'aimer.

Cette marche vous déplait & vous choque ; il est aisé de voir pourquoi. Vous commencez par calomnier les intentions de celui qui la propose. Selon vous, cette oisiveté de l'ame m'a paru nécessaire pour la disposer aux erreurs que je lui voulois inculquer. On ne sait pourtant pas trop quelle erreur veut donner à son éleve celui qui ne lui apprend rien avec plus de soin qu'à sentir son ignorance & à savoir qu'il ne sait rien. Vous convenez que le jugement a ses progrès & ne ne se forme que par dégrés. *Mais s'ensuit-il*, (11) ajoûtez-vous, *qu'à l'âge de dix ans un enfant ne connoisse pas la différence du bien & du mal, qu'il confonde la sagesse avec la folie, la bonté avec la barbarie, la vertu avec le vice?* Tout cela s'ensuit, sans doute, si à cet âge le jugement n'est pas développé. *Quoi!* poursuivez-vous, *il ne sentira pas qu'obéir à son pere est un bien, que lui désobéir est un mal?* Bien loin de là; je soutiens qu'il sentira, au contraire, en quittant le jeu pour aller étudier sa leçon, qu'obéir à son pere est un mal, & que lui désobéir est un bien, en volant quelque fruit défendu. Il sentira aussi, j'en conviens, que c'est un mal d'être puni & un bien d'être récompensé; & c'est dans la balance de ces biens & de ces maux contradictoires que se regle sa prudence enfantine. Je crois avoir démontré cela mille fois dans mes deux premiers volumes, & sur-tout dans le dialogue du maître & de l'enfant sur ce qui est mal (12). Pour vous, Monseigneur, vous réfutez mes deux volumes en deux lignes, & les voici. (13) *Le prétendre, M. T. C. F. c'est calomnier la nature humaine, en lui attribuant une stupidité qu'elle n'a point.* On ne sauroit employer une réfutation plus tranchante, ni conçue en moins de mots. Mais cette ignorance, qu'il vous plait d'appeller stupidité, se trouve constamment dans tout esprit gêné dans des organes imparfaits, ou qui n'a pas été cultivé; c'est une observation facile à faire & sensible à tout le monde. Attribuer cette ignorance à la nature humaine n'est donc pas la calomnier, & c'est vous qui l'avez calomniée en lui imputant une malignité qu'elle n'a point.

Vous dites encore: (14) *Ne vouloir en*

---

(11) *Mandement* in-4°. p. 7. in-12. p. XIV.
(12) Emile Tome I. p. 189.
(13) *Mandement* in-4°. p. 7. in-12. p. XIV.
(14) *Mandement* in-4°. p. 9. in-12. p. XVII.

ſeigner la ſageſſe à l'homme que dans le tems qu'il ſera dominé par la fougue des paſſions naiſſantes, n'eſt-ce pas la lui préſenter dans le deſſein qu'il la rejette? Voilà derechef une intention que vous avez la bonté de me prêter, & qu'aſſurément nul autre que vous ne trouvera dans mon Livre. J'ai montré premierement que celui qui ſera élevé comme je veux, ne ſera pas dominé par les paſſions dans le tems que vous dites. J'ai montré encore comment les leçons de la ſageſſe pouvoient retarder le développement de ces mêmes paſſions. Ce ſont les mauvais effets de votre éducation que vous imputez à la mienne, & vous m'objectez les défauts que je vous apprends à prevenir. Juſqu'à l'adoleſcence j'ai garanti des paſſions le cœur de mon éleve, & quand elles ſont prêtes à naître, j'en recule encore le progrès par des ſoins propres à les réprimer. Plutôt, les leçons de la ſageſſe ne ſignifient rien pour l'enfant, hors d'état d'y prendre intérêt & de les entendre; plus tard, elles ne prennent plus ſur un cœur déjà livré aux paſſions. C'eſt au ſeul moment que j'ai choiſi qu'elles ſont utiles: ſoit pour l'armer ou pour le diſtraire, il importe également qu'alors le jeune homme en ſoit occupé.

Vous dites: (15) *Pour trouver la jeuneſſe plus docile aux leçons qu'il lui prépare, cet Auteur veut qu'elle ſoit dénuée de tout principe de Religion.* La raiſon en eſt ſimple; c'eſt que je veux qu'elle ait une Religion, & que je ne lui veux rien apprendre dont ſon jugement ne ſoit en état de ſentir la vérité. Mais moi, Monſeigneur, ſi je diſois: *Pour trouver la jeuneſſe plus docile aux leçons qu'on lui prépare, on a grand ſoin de la prendre avant l'âge de raiſon*, ferois-je un raiſonnement plus mauvais que le vôtre, & feroit-ce un préjugé bien favorable à ce que vous

---

(15) *Mandement* in-4°. p. 7. in-12. p. xiv.

faites apprendre aux enfans? Selon vous je choisis l'âge de raison pour inculquer l'erreur, & vous, vous prévenez cet âge pour enseigner la vérité. Vous vous pressez d'instruire l'enfant avant qu'il puisse discerner le vrai du faux, & moi j'attends pour le tromper qu'il soit en état de le connoître. Ce jugement est-il naturel, & lequel paroît chercher à séduire, de celui qui ne veut parler qu'à des hommes, ou de celui qui s'adresse aux enfants?

Vous me censurez d'avoir dit & montré que tout enfant qui croit en Dieu, est idolâtre ou antropomorphite, & vous combattez cela en disant (16) qu'on ne peut supposer ni l'un ni l'autre d'un enfant qui a reçu une éducation chrétienne. Voilà ce qui est en question; reste à voir la preuve. La mienne est que l'éducation la plus chrétienne ne sauroit donner à l'enfant l'entendement qu'il n'a pas, ni détacher ses idées des êtres matériels, au dessus desquels tant d'hommes ne sauroient élever les leurs. J'en appelle de plus à l'expérience; j'exhorte chacun des lecteurs à consulter sa mémoire, & à se rappeller si, lorsqu'il a cru en Dieu étant enfant, il ne s'en est pas toujours fait quelque image. Quand vous lui dites que *la divinité n'est rien de ce qui peut tomber sous les sens*; ou son esprit troublé n'entend rien, ou il entend qu'elle n'est rien. Quand vous lui parlez d'*une intelligence infinie*, il ne sait ce que c'est qu'*intelligence*, & il sait encore moins ce que c'est qu'*infini*. Mais vous lui ferez répéter après vous les mots qu'il vous plaira de lui dire; vous lui ferez même ajoûter, s'il le faut, qu'il les entend; car cela ne coûte guere, & il aime encore mieux dire qu'il les entend que d'être grondé ou puni. Tous les anciens, sans excepter les Juifs, se sont représenté Dieu corporel, & combien de Chrétiens,

(16) *Mandement* in 4°. p. 7. in-12. p. XIV.

ſurtout de Catholiques, ſont encore aujourd'hui dans ce cas-là? Si vos enfans parlent comme des hommes, c'eſt parce que les hommes ſont encore enfans. Voilà pourquoi les miſteres entaſſés ne coûtent plus rien à perſonne; les termes en ſont tout auſſi faciles à prononcer que d'autres. Une des commodités du Chriſtianiſme moderne eſt de s'être fait un certain jargon de mots ſans idées, avec leſquels ont ſatisfait à tout hors à la raiſon.

Par l'examen de l'intelligence qui mene à la connoiſſance de Dieu, je trouve qu'il n'eſt pas raiſonnable de croire cette connoiſſance (17) *toujours néceſſaire au ſalut.* Je cite en exemple les inſenſés, les enfans, & je mets dans la même claſſe les hommes dont l'eſprit n'a pas acquis aſſez de lumieres pour comprendre l'exiſtence de Dieu. Vous dites là-deſſus; (18) *ne ſoyons point ſurpris que l'Auteur d'Emile remette à un tems ſi reculé la connoiſſance de l'exiſtence de Dieu; il ne la croit pas néceſſaire au ſalut.* Vous commencez, pour rendre ma propoſition plus dure, par ſupprimer charitablement le mot *toujours*, qui non-ſeulement la modifie, mais qui lui donne un autre ſens, puiſque ſelon ma phraſe cette connoiſſance eſt ordinairement néceſſaire au ſalut; & qu'elle ne le ſeroit jamais, ſelon la phraſe que vous me prêtez. Après cette petite falſification, vous pourſuivez ainſi:

» Il est clair, « *dit-il par l'organe d'un perſonnage chimérique*, » il eſt clair que tel homme par» venu juſqu'à la vieilleſſe ſans croire en Dieu, » ne ſera pas pour cela privé de ſa préſence dans » l'autre, « (vous avez omis le mot de *vie*) » Si ſon aveuglement n'a pas été volontaire, & » je dis qu'il ne l'eſt pas toujours. «

Avant de tranſcrire ici votre remarque, permettez que je faſſe la mienne. C'eſt que ce per-

---

(17) Emile Tom. II. p 352, 353.

(18) *Mandement* in-4°. p. 9. in-12. p. XVIII.

ſonnage prétendu chimérique, c'eſt moi-même, & non le Vicaire; que ce paſſage que vous avez cru être dans la profeſſion de foi n'y eſt point, mais dans le corps même du Livre. Monſeigneur, vous liſez bien légèrement, vous citez bien négligemment les Ecrits que vous flétriſſez ſi durement; je trouve qu'un homme en place qui cenſure devroit mettre un peu plus d'examen dans ſes jugemens. Je reprends à préſent votre texte.

Remarquez, M. T. C. F. qu'il ne s'agit point ici d'un homme qui ſeroit dépourvû de l'uſage de ſa raiſon, mais uniquement de celui dont la raiſon ne ſeroit point aidée de l'inſtruction. Vous affirmez enſuite (19) qu'*une telle prétention eſt ſouverainement abſurde. St. Paul aſſure qu'entre les Philoſophes payens pluſieurs ſont parvenus par les ſeules forces de la raiſon à la connoiſſance du vrai Dieu;* & là-deſſus vous tranſcrivez ſon paſſage.

Monseigneur, c'eſt ſouvent un petit mal de ne pas entendre un Auteur qu'on lit, mais c'en eſt un grand quand on le réfute, & un très-grand quand on le diffame. Or vous n'avez point entendu le paſſage de mon Livre que vous attaquez ici, de même que beaucoup d'autres. Le Lecteur jugera ſi c'eſt ma faute ou la vôtre, quand j'aurai mis le paſſage entiers ſous ſes yeux.

„ Nous tenons " (Les Réformés) „ que nul „ enfant mort avant l'âge de raiſon ne ſera privé „ du bonheur éternel. Les Catholiques croyent „ la même choſe de tous les enfans qui ont reçu „ le baptême, quoiqu'ils n'aient jamais entendu „ parler de Dieu. Il y a donc des cas où l'on „ peut être ſauvé ſans croire en Dieu, & ces cas „ ont lieu, ſoit dans l'enfance, ſoit dans la dé„ mence, quand l'eſprit humain eſt incapable „ des opérations néceſſaires pour reconnoître la „ Divinité. Toute la différence que je vois ici

(19) *Mandement* in-4°. p. 10. in 12 p. XVIII.

„ entre vous & moi est que vous prétendez que „ les enfans ont à sept ans cette capacité, & que „ je ne la leur accorde pas même à quinze. Que „ j'aye tort ou raison, il ne s'agit pas ici d'un „ article de foi, mais d'une simple observation „ d'histoire naturelle.

„ Par le même principe, il est clair que tel „ homme, parvenu jusqu'à la vieillesse sans croi- „ re en Dieu, ne sera pas pour cela privé de sa „ présence en l'autre vie, si son aveuglement n'a „ pas été volontaire ; & je dis qu'il ne l'est pas „ toujours. Vous en convenez pour les insensés „ qu'une maladie prive de leurs facultés spiri- „ tuelles, mais non de leur qualité d'hommes, „ ni, par conséquent, du droit aux bienfaits de „ leur créateur. Pourquoi donc n'en pas conve- „ nir aussi pour ceux qui, séquestrés de toute „ société dès leur enfance, auroient mené une „ vie absolument sauvage, privés des lumieres „ qu'on n'acquiert que dans le commerce des „ hommes ? Car il est d'une impossibilité dé- „ montrée qu'un pareil sauvage pût jamais élever „ ses réflexions jusqu'à la connoissance du vrai „ Dieu. La raison nous dit qu'un homme n'est „ punissable que pour les fautes de sa volonté, „ & qu'une ignorance invincible ne lui sauroit „ être imputée à crime. D'où il suit que devant „ la justice éternelle, tout homme qui croiroit „ s'il avoit les lumieres nécessaires est réputé „ croire, & qu'il n'y aura d'incrédules punis „ que ceux dont le cœur se ferme à la vérité. " *Emile* T. II. *pag.* 352 *& suiv.*

Voila mon passage entier, sur lequel votre erreur saute aux yeux. Elle consiste en ce que vous avez entendu ou fait entendre que selon moi il falloit avoir été instruit de l'existence de Dieu pour y croire. Ma pensée est fort différente. Je dis qu'il faut avoir l'entendement développé & l'esprit cultivé jusqu'à certain point, pour être en état de comprendre les preuves de l'existence de Dieu, & sur-tout pour les trouver de soi-même sans en avoir jamais entendu parler. Je parle des hommes barbares ou sauvages; vous m'alléguez des philosophes: je dis qu'il faut avoir acquis quelque philosophie pour s'élever aux notions du vrai Dieu; vous citez Saint Paul qui reconnoît que quelques Philosophes payens se sont élevés aux notions du vrai Dieu: je dis que tel homme grossier n'est pas toujours en état de se former de lui-même une idée juste de la Divinité; vous dites que les hommes instruits sont en état de se former une idée juste de la Divinité; & sur cette unique preuve mon opinion vous paroît *souverainement absurde*. Quoi! parce qu'un Docteur en droit doit savoir les loix de son pays, est-il absurde de supposer qu'un enfant qui ne sait pas lire, a pu les ignorer?

Quand un Auteur ne veut pas se répéter sans cesse, & qu'il a une fois établi clairement son sentiment sur une matiere, il n'est pas tenu de rapporter toujours les mêmes preuves en raisonnant sur le même sentiment. Ses Ecrits s'expliquent alors les uns par les autres, & les derniers, quand il a de la méthode, supposent toujours les premiers. Voilà ce que j'ai toujours tâché de faire, & ce que j'ai fait, sur-tout dans l'occasion dont il s'agit.

Vous supposez, ainsi que ceux qui traitent de ces matieres, que l'homme apporte avec lui sa raison toute formée, & qu'il ne s'agit que de la mettre en œuvre. Or cela n'est pas vrai; car l'une des acquisitions de l'homme, & même des plus lentes, est la raison. L'homme apprend à voir des yeux de l'esprit ainsi que des yeux du corps; mais le premier apprentissage est bien plus long que l'autre, parce que les rapports des objets intellectuels ne se mesurant pas comme l'étendue, ne se trouvent que par estimation, & que nos premiers besoins, nos besoins physiques, ne nous rendent pas l'examen de ces mêmes objets si intéressant. Il faut apprendre à voir deux objets à la fois ; il faut apprendre à les comparer entre eux ; il faut apprendre à comparer les objets en grand nombre, à remonter par degrés aux causes, à les suivre dans leurs effets ; il faut avoir combiné des infinités de rapports pour acquérir des idées de convenance, de proportion, d'harmonie & d'ordre. L'homme qui, privé du secours de ses semblables & sans cesse occupé de pourvoir à ses besoins, est réduit en toute chose à la seule marche de ses propres idées, fait un progrès bien lent de ce côté-là : il vieillit & meurt avant d'être sorti de l'enfance de la raison. Pouvez-croire de bonne foi que d'un million d'hommes élevés de cette maniere il y en eût un seul qui vînt à penser à Dieu ?

L'ORDRE de l'Univers, tout admirable qu'il est, ne frappe pas également tous les yeux. Le peuple y fait peu d'attention, manquant des connoissances qui rendent cet ordre sensible, & n'ayant point appris à réfléchir sur ce qu'il apperçoit. Ce n'est ni endurcissement ni mauvaise volonté ; c'est ignorance, engourdissement d'esprit. La moindre méditation fatigue ces gens-là, comme le moindre travail des bras fatigue un homme de cabinet. Ils ont ouï parler des œuvres de Dieu & des merveilles de la nature. Ils répétent les mêmes mots sans y joindre les mêmes idées, & ils sont peu touchés de tout ce qui peut élever le sage à son créateur. Or si parmi nous le peuple, à portée de tant d'instruction, est encore si stupide ; que feront ces pauvres gens abandonnés à eux-mêmes dès leur enfance, & qui n'ont jamais rien appris d'autrui ? Croyez-vous qu'un Caffre ou un Lapon philosophe beaucoup sur la marche du monde & sur la génération des choses? Encore les Lapons & les Caffres, vivant en corps de nations, ont-ils des multitudes d'idées acquises & communiquées, à l'aide desquelles ils acquiérent quelques notions grossieres d'une Divinité : ils ont en quelque façon leur cathéchisme : mais l'homme sauvage, errant seul dans les bois, n'en a point du tout. Cet homme n'existe pas, direz-vous; soit. Mais il peut exister par supposition. Il existe certainement des hommes qui n'ont jamais eu d'entretien philosophique en leur vie, & dont tout le tems se consume à chercher leur nourriture, la dévorer & dormir. Que ferons-nous de ces hommes-là, des Eskimaux, par exemple? En ferons-nous des Théologiens?

Mon sentiment est donc que l'esprit de l'homme sans progrès, sans instruction, sans culture, & tel qu'il sort des mains de la nature, n'est pas en état de s'élever de lui-même aux sublimes notions de la Divinité; mais que ces notions se présentent à nous à mesure que notre esprit se cultive; qu'aux yeux de tout homme qui a pensé, qui a réfléchi, Dieu se manifeste dans ses ouvrages; qu'il se révele aux gens éclairés dans le spectacle de la nature; qu'il faut, quand on a les yeux ouverts, les fermer pour ne l'y pas voir; que tout philosophe athée est un raisonneur de mauvaise foi, ou que son orgueil aveugle; mais qu'aussi tel homme stupide & grossier, quoique simple & vrai, tel esprit sans erreur & sans vice peut par une ignorance involontaire ne pas remonter à l'Auteur de son être, & ne pas concevoir ce que c'est que Dieu, sans que cette ignorance le rende punissable d'un défaut auquel son cœur n'a point consenti. Celui-ci n'est pas éclairé, & l'autre refuse de l'être : cela me paroît fort différent.

Appliquez à ce sentiment votre passage de Saint Paul, & vous verrez qu'au lieu de la combattre, il le favorise ; vous verrez que ce passage tombe uniquement sur ces sages prétendus à qui *ce qui peut être connu de Dieu a été manifesté*, à qui *la considération des choses qui ont été faites dès la création du monde, a rendu visible ce qui est invisible en Dieu*, mais qui *ne l'ayant point glorifié & ne lui ayant point rendu graces, se sont perdus dans la vanité de leur raisonnement*, &, ainsi demeurés sans excuse, *en se disant sages, sont devenus foux.* La raison sur laquelle l'Apôtre reproche aux philosophes de n'avoir pas glorifié le vrai Dieu, n'étant point applicable à ma supposition, forme une induction toute en ma faveur ; elle confirme ce que j'ai dit moi-même, que tout (20) *philosophe qui ne croit pas, a tort, parce qu'il use mal de la raison qu'il a cultivée, & qu'il est en état d'entendre les vérités qu'il rejette ;* elle montre, enfin, par le passage même, que vous ne m'avez point entendu, & quand vous m'imputez d'avoir dit ce que je n'ai ni dit ni pensé, savoir que l'on ne croit en Dieu que sur l'autorité d'autrui (21), vous avez tellement tort, qu'au contraire je n'ai fait que distinguer les cas où l'on peut connoître Dieu par soi-même, & les cas où l'on ne le peut que par le secours d'autrui.

Au reste, quand vous auriez raison dans cette critique ; quand vous auriez solidement réfuté mon opinion, il ne s'ensuivroit pas de cela seul qu'elle fût souverainement absurde, comme il vous plaît de la qualifier : on peut se tromper sans tomber dans l'extravagance, & toute erreur n'est pas une absurdité. Mon respect pour vous

---

(20) Emile T. II. pag. 350.

(21) M. de Beaumont ne dit pas cela en propres termes ; mais c'est le seul sens raisonnable qu'on puisse donner à son texte, appuyé du passage de St. Paul ; & je ne puis répondre qu'à ce que j'entens. (*Voyez son Mandement* in-4°. p. 10.) in-12. p. XVIII.

me rendra moins prodigue d'épithetes, & ce ne sera pas ma faute si le Lecteur trouve à les placer.

Toujours avec l'arrangement de censurer sans entendre, vous passez d'une imputation grave & fausse à une autre qui l'est encore plus, & après m'avoir injustement accusé de nier l'évidence de la divinité, vous m'accusez plus injustement d'en avoir révoqué l'unité en doute. Vous faites plus; vous prenez la peine d'entrer là-dessus en discussion, contre votre ordinaire, & le seul endroit de votre Mandement où vous ayez raison, est celui où vous réfutez une extravagance que je n'ai pas dite.

Voici le passage que vous attaquez, ou plutôt votre passage où vous rapportez le mien; car il faut que le Lecteur me voye entre vos mains.

„ (22) Je sais " *fait-il dire au personnage supposé qui lui sert d'organe*; „ je sais que le monde „ est gouverné par une volonté puissante & „ sage; je le vois, ou plutôt je le sens, & cela „ m'importe à savoir: mais ce même monde „ est-il éternel, ou créé? Y a-t-il un principe „ unique des choses? Y en a-t-il deux ou plusieurs, & quelle est leur nature? Je n'en sais „ rien, & que m'importe?........ (23) je renonce à des questions oiseuses qui peuvent „ inquietter mon amour-propre, mais qui sont „ inutiles à ma conduite & supérieures à ma „ raison ".

J'observe, en passant, que voici la seconde fois que vous qualifiez le Prêtre Savoyard de personnage chimérique ou supposé. Comment

(22) *Mandement* in-4°. pag. 10 in-12 p. xix.

(23) Ces points indiquent une lacune de deux lignes par lesquelles le passage est tempéré, & que M. de Beaumont n'a pas voulu transcrire. *Voyez Emile* T. III. pag. 61.

êtes-vous instruit de cela, je vous supplie? J'ai affirmé ce que je savois; vous niez ce que vous ne savez pas; qui des deux est le téméraire? On sait, j'en conviens, qu'il y a peu de Prêtres qui croyent en Dieu; mais encore n'est-il pas prouvé qu'il n'y en ait point du tout. Je reprends votre texte.

(24) *Que veut donc dire cet Auteur téméraire? ...... l'unité de Dieu lui paroît une question oiseuse & supérieure à sa raison, comme si la multiplicité des Dieux n'étoit pas la plus grande des absurdités.* „ La pluralité des Dieux", *dit énergiquement Tertullien*, „est une nullité de Dieu," *admettre un Dieu, c'est admettre un Etre suprême & indépendant, auquel tous les autres Etres soient subordonnés* (25). *Il implique donc qu'il y ait plusieurs Dieux.*

Mais qui est-ce qui dit qu'il y a plusieurs Dieux? Ah, Monseigneur! vous voudriez bien que j'eusse dit de pareilles folies; vous n'auriez surement pas pris la peine de faire un Mandement contre moi.

Je ne sais ni pourquoi ni comment ce qui est est, & bien d'autres qui se piquent de le dire ne le savent pas mieux que moi. Mais je vois qu'il n'y a qu'une premiere cause motrice, puisque tout concourt sensiblement aux mêmes fins. Je reconnois donc une volonté unique & suprême qui dirige tout, & une puissance unique & suprême qui exécute tout. J'attribue cette puissance & cette volonté au même Etre, à cause de

(24) *Mandement* in 4°. pag. 11. in-12. p. xx.

(25) Tertulien fait ici un sophisme très familier aux peres de l'Eglise. Il définit le mot *Dieu* selon les Chrétiens, & puis il accuse les payens de contradiction, parce que contre sa définition ils admettent plusieurs Dieux. Ce n'étoit pas la peine de m'imputer une erreur que je n'ai pas commise, uniquement pour citer si hors de propos un sophisme de Tertullien.

leur parfait accord qui se conçoit mieux dans un que dans deux, & parce qu'il ne faut pas sans raison multiplier les êtres : car le mal même que nous voyons n'est point un mal absolu, &, loin de combattre directement le bien, il concourt avec lui à l'harmonie universelle.

Mais ce par quoi les choses sont, se distingue très-nettement sous deux idées ; savoir, la chose qui fait & la chose qui est faite ; même ces deux idées ne se réunissent pas dans le même être sans quelque effort d'esprit, & l'on ne conçoit guere une chose qui agit, sans en supposer une autre sur laquelle elle agit. De plus, il est certain que nous avons l'idée de deux substances distinctes ; savoir, l'esprit & la matiere ; ce qui pense, & ce qui est étendu ; & ces deux idées se conçoivent très-bien l'une sans l'autre.

Il y a donc deux manieres de concevoir l'origine des choses, savoir ; ou dans deux causes diverses, l'une vive & l'autre morte, l'une motrice & l'autre mue, l'une active & l'autre passive, l'une efficiente & l'autre instrumentale ; ou dans une cause unique qui tire d'elle seule tout ce qui est, & tout ce qui se fait. Chacun de ces deux sentimens, débattus par les métaphysiciens depuis tant de siécles, n'en est pas devenu plus croyable à la raison humaine : & si l'existence éternelle & nécessaire de la matiere a pour nous ses difficultés, sa création n'en a pas de moindres ; puisque tant d'hommes & de philosophes, qui dans tous les tems ont médité sur ce sujet, ont tous unanimement rejetté la possibilité de la création, excepté peut-être un très-petit nombre qui paroissent avoir sincerement soumis leur raison à l'autorité ; sincérité que les motifs de leur intérêt, de leur sûreté, de leur repos, rendent fort suspecte, & dont il sera toujours impossible de s'assurer, tant que l'on risquera quelque chose à parler vrai.

Supposé qu'il y ait un principe éternel & unique des choses, ce principe étant simple dans son essence n'est pas composé de matiere & d'esprit, mais il est matiere ou esprit seulement. Sur les raisons déduites par le Vicaire, il ne sauroit concevoir que ce principe soit matiere, & s'il est esprit, il ne sauroit concevoir que par lui la matiere ait reçu l'être : car il faudroit pour cela concevoir la création ; or l'idée de création, l'idée sous laquelle on conçoit que par un simple acte de volonté rien devient quelque chose, est, de toutes les idées qui ne sont pas clairement contradictoires, la moins compréhensible à l'esprit humain.

Arrêté des deux côtés par ces difficultés, le bon Prêtre demeure indécis, & ne se tourmente point d'un doute de pure spéculation, qui n'influe en aucune maniere sur ses devoirs en ce monde ; car enfin que m'importe d'expliquer l'origine des êtres, pourvû que je sache comment ils subsistent, quelle place j'y dois remplir, & en vertu de quoi cette obligation m'est imposée ?

Mais supposer deux principes (26) des choses, supposition que pourtant le Vicaire ne fait point, ce n'est pas pour cela supposer deux Dieux ; à moins que, comme les Manichéens, on ne suppose aussi ces principes tous deux actifs ; doctrine absolument contraire à celle du Vicaire, qui, très-positivement, n'admet qu'une Intelligence premiere, qu'un seul principe actif, & par conséquent qu'un seul Dieu.

J'avoue bien que la création du monde étant clairement énoncée dans nos traductions de la

---

(26) Celui qui ne connoît que deux substances, ne peut non plus imaginer que deux principes, & le terme, *ou plusieurs*, ajoûté dans l'endroit cité, n'est là qu'une espece d'explétif, servant tout au plus à faire entendre que le nombre de ces principes n'importe pas plus à connoître que leur nature.

Genese, la rejetter positivement seroit à cet égard rejetter l'autorité, sinon des Livres Sacrés, au moins des traductions qu'on nous en donne, & c'est aussi ce qui tient le Vicaire dans un doute qu'il n'auroit peut-être pas sans cette autorité: Car d'ailleurs la coexistence des deux Principes (27) semble expliquer mieux la constitution de l'univers & lever des difficultés qu'on a peine à résoudre sans elle, comme entre autres celle de l'origine du mal. De plus, il faudroit entendre parfaitement l'Hébreu, & même avoir été contemporain de Moïse, pour savoir certainement quel sens il a donné au mot qu'on nous rend par le mot *créa*. Ce terme est trop philosophique pour avoir eu dans son origine l'acception connue & populaire que nous lui donnons maintenant sur la foi de nos Docteurs. Cette acception a pu changer & tromper même les Septante, déja imbus des questions de la philosophie grecque; rien n'est moins rare que des mots dont le sens change par trait de temps, & qui font attribuer aux anciens Auteurs qui s'en sont servis, des idées qu'ils n'ont point eues. Il est très-douteux que le mot Grec ait eu le sens qu'il nous plaît de lui donner, & il est très-certain que le mot Latin n'a point eu ce même sens, puisque Lucrece, qui nie formellement la possibilité de toute créa-

(27) Il est bon de remarquer que cette question de l'éternité de la matiere, qui effarouche si fort nos Théologiens, effarouchoit assez peu les Peres de l'Eglise, moins éloignés des sentimens de Platon. Sans parler de Justin martir, d'Origene & d'autres, Clément Alexandrin prend si bien l'affirmative dans ses Hypotiposes, que Photius veut a cause de cela que ce Livre ait été falsifié. Mais le même sentiment reparoit encore dans les Stromates, où Clément rapporte celui d'Héraclite sans l'improuver. Ce Pere, Livre V. tâche, à la vérité, d'établir un seul principe, mais c'est parce qu'il refuse ce nom à la matiere, même en admettant son éternité.

tion, ne laisse pas d'employer souvent le même terme pour exprimer la formation de l'Univers & de ses parties. Enfin M. de Beausobre a prouvé (28) que la notion de la création ne se trouve point dans l'ancienne Théologie judaïque, & vous êtes trop instruit, Monseigneur, pour ignorer que beaucoup d'hommes pleins de respect pour nos Livres Sacrés n'ont cependant point reconnu dans le récit de Moïse l'absolue création de l'Univers. Ainsi le Vicaire, à qui le despotisme des Théologiens n'en impose pas, peut très-bien, sans en être moins orthodoxe, douter s'il y a deux principes éternels des choses, ou s'il n'y en a qu'un. C'est un débat purement grammatical ou philosophique, où la révélation n'entre pour rien.

QUOIQU IL en soit, ce n'est pas de cela qu'il s'agit entre nous, & sans soutenir les sentimens du Vicaire, je n'ai rien à faire ici qu'à montrer vos torts.

OR vous avez tort d'avancer que l'unité de Dieu me paroît une question oiseuse & supérieure à la raison; puisque dans l'Ecrit que vous censurez, cette unité est établie & soutenue par le raisonnement; & vous avez tort de vous étayer d'un passage de Tertullien pour conclurre contre moi qu'il implique qu'il y ait plusieurs Dieux: car sans avoir besoin de Tertullien, je conclus aussi de mon côté qu'il implique qu'il y ait plusieurs Dieux.

VOUS avez tort de me qualifier pour celà d'Auteur téméraire, puisqu'où il n'y a point d'assertion il n'y a point de témérité. On ne peut concevoir qu'un Auteur soit un téméraire, uniquement pour être moins hardi que vous.

ENFIN vous avez tort de croire avoir bien justifié les dogmes particuliers qui donnent à Dieu les passions humaines, & qui, loin d'éclair-

(28) Hist. du Manichéisme. T. II.

cir les notions du grand Etre, les embrouillent & les avilissent, en m'accusant faussement d'embrouiller & d'avilir moi-même ces notions, d'attaquer directement l'essence divine, que je n'ai point attaquée, & de révoquer en doute son unité, que je n'ai point révoquée en doute. Si je l'avois fait, que s'ensuivroit-il? Récriminer n'est pas se justifier: mais celui qui, pour toute défense, ne fait que récriminer à faux, a bien l'air d'être seul coupable.

La contradiction que vous me reprochez dans le même lieu est tout aussi bien fondée que la précédente accusation. *Il ne sait*, dites-vous, *quelle est la nature de Dieu, & bientôt après il reconnoît que cet Etre suprême est doué d'intelligence, de puissance, de volonté, & de bonté; n'est-ce donc pas-là avoir une idée de la nature divine?*

Voici, Monseigneur, là-dessus ce que j'ai à vous dire.

„ Dieu est intelligent; mais comment l'est-il? „ L'homme est intelligent quand il raisonne, „ & la suprême intelligence n'a pas besoin de „ raisonner; il n'y a pour elle ni prémisses, ni „ conséquences, il n'y a pas même de proposition; elle est purement intuitive, elle voit „ également tout ce qui est & tout ce qui peut „ être; toutes les vérités ne sont pour elle „ qu'une seule idée, comme tous les lieux un „ seul point & tous les temps un seul moment. „ La puissance humaine agit par des moyens, la „ puissance divine agit par elle-même: Dieu „ peut parce qu'il veut, sa volonté fait son pouvoir. Dieu est bon, rien n'est plus manifeste; „ mais la bonté dans l'homme est l'amour de ses „ semblables, & la bonté de Dieu est l'amour de „ l'ordre; car c'est par l'ordre qu'il maintient „ ce qui existe, & lie chaque partie avec le tout. „ Dieu est juste, j'en suis convaincu; c'est une „ suite de sa bonté; l'injustice des hommes est

„ leur œuvre & non pas la sienne : le désordre „ moral qui dépose contre la providence aux yeux „ des philosophes, ne fait que la démontrer aux „ miens. Mais la justice de l'homme est de ren- „ dre à chacun ce qui lui appartient, & la justice „ de Dieu de demander compte à chacun de ce „ qu'il lui a donné.

„ QUE si je viens à découvrir successivement „ ces attributs dont je n'ai nulle idée absolue, „ c'est par des conséquences forcées, c'est par „ le bon usage de ma raison : mais je les affir- „ me sans les comprendre, & dans le fond, „ c'est n'affirmer rien. J'ai beau me dire, Dieu „ est ainsi ; je le sens, je me le prouve : je „ n'en conçois pas mieux comment Dieu peut „ être ainsi.

„ ENFIN plus je m'efforce de contempler son „ essence infinie, moins je la conçois ; mais elle „ est, cela me suffit ; moins je la conçois, plus „ je l'adore. Je m'humilie & lui dis : Etre des „ êtres, je suis parce que tu es ; c'est m'élever à „ ma source que de te méditer sans cesse. Le plus „ digne usage de ma raison est de s'anéantir de- „ vant toi : c'est mon ravissement d'esprit, c'est „ le charme de ma foiblesse de me sentir acca- „ blé de ta grandeur. "

VOILA ma réponse, & je la crois péremptoi- re. Faut-il vous dire, à présent où je l'ai prise ? Je l'ai tirée mot-à-mot de l'endroit même que vous accusez de contradiction (29). Vous en usez comme tous mes adversaires, qui, pour me réfuter, ne font qu'écrire les objections que je me suis faites, & supprimer mes solutions. La réponse est déja toute prête ; c'est l'ouvrage qu'ils ont réfuté.

Nous avançons, Monseigneur, vers les discussions les plus importantes.

(29) Emile T. III. pag. 94 *& suiv.*

APRÈS avoir attaqué mon Systême & mon Livre, vous attaquez aussi ma Religion, & parce que le Vicaire Catholique fait des objections contre son Eglise, vous cherchez à me faire passer pour ennemi de la mienne; comme si proposer des difficultés sur un sentiment, c'étoit y renoncer; comme si toute connoissance humaine n'avoit pas les siennes; comme si la Géométrie elle-même n'en avoit pas, où que les Géométres se fissent une loi de les taire pour ne pas nuire à la certitude de leur art.

LA RÉPONSE que j'ai d'avance à vous faire est de vous déclarer avec ma franchise ordinaire mes sentimens en matiere de Religion, tels que je les ai professés dans tous mes Ecrits, & tels qu'ils ont toujours été dans ma bouche & dans mon cœur. Je vous dirai, de plus, pourquoi j'ai publié la profession de foi du Vicaire, & pourquoi, malgré tant de clameurs je la tiendrai toujours pour l'Ecrit le meilleur & le plus utile dans le siécle où je l'ai publié. Les buchers ni les décrets ne me feront point changer de langage, les Théologiens en m'ordonnant d'être humble ne me feront point être faux, & les philosophes ne me taxant d'hypocrisie ne me feront point professer l'incrédulité. Je dirai ma Religion, parce que j'en ai une, & je la dirai hautement, parce que j'ai le courage de la dire, & qu'il seroit à désirer pour le bien des hommes que ce fût celle du genre humain.

MONSEIGNEUR, je suis Chrétien, & sincerement Chrétien, selon la doctrine de l'Evangile. Je suis Chrétien, non comme un disciple des Prêtres, mais comme un disciple de Jesus-Christ. Mon Maître a peu subtilisé sur le dogme, & beaucoup insisté sur les devoirs; il prescrivoit moins d'articles de foi que de bonnes œuvres; il n'ordonnoit de croire que ce qui étoit nécessaire pour être bon; quand il résumoit la Loi &

les Prophètes, c'étoit bien plus dans des actes de vertu que dans des formules de croyance (30), & il m'a dit par lui-même & par ses Apôtres que celui qui aime son frere a accompli la Loi (31).

Moi de mon côté, très-convaincu des vérités essentielles au Christianisme, lesquelles servent de fondement à toute bonne morale, cherchant au surplus à nourrir mon cœur de l'esprit de l'Évangile sans tourmenter ma raison de ce qui m'y paroît obscur, enfin persuadé que quiconque aime Dieu par dessus toute chose & son prochain comme soi-même, est un vrai Chrétien, je m'efforce de l'être, laissant à part toutes ces subtilités de doctrine, tous ces importans galimathias dont les Pharisiens embrouillent nos devoirs & offusquent notre foi : & mettant avec Saint Paul la foi-même au-dessous de la charité (32).

Heureux d'être né dans la Religion la plus raisonnable & la plus sainte qui soit sur la terre, je reste inviolablement attaché au culte de mes Peres : comme eux je prends l'Ecriture & la raison pour les unique régles de ma croyance; comme eux récuse l'autorité des hommes, & n'entends me soumettre à leurs formules qu'autant que j'en apperçois la vérité; comme eux je me réunis de cœur avec les vrais serviteurs de Jesus-Christ & les vrais adorateurs de Dieu, pour lui offrir dans la communion des fidelles les hommages de son Eglise. Il m'est consolant & doux d'être compté parmi ses membres, de participer au culte public qu'ils rendent à la divinité, & de me dire au milieu d'eux; je suis avec mes freres.

Penetré de reconnoissance pour le digne

(20) Matth. VII. 12. (31) Galat. V. 14.
(32) 1. Cor. XIII. 2 13.

Pasteur qui, resistant au torrent de l'exemple, & jugeant dans la vérité, n'a point exclus de l'Eglise un défenseur de la cause de Dieu, je conserverai toute ma vie un tendre souvenir de sa charité vraiment Chrétienne. Je me ferai toujours une gloire d'être compté dans son Troupeau, & j'espere n'en point scandaliser les membres ni par mes sentimens ni par ma conduite. Mais lorsque d'injustes Prêtres, s'arrogeant des droits qu'ils n'ont pas, voudront se faire les arbitres de ma croyance, & viendront me dire arrogamment; retractez-vous, déguisez-vous, expliquez ceci, désavouez cela; leurs hauteurs ne m'en imposeront point; ils ne me feront point mentir pour être orthodoxe, ni dire pour leur plaire ce que je ne pense pas. Que si ma véracité les offense, & qu'ils veuillent me retrancher de l'Eglise, je craindrai peu cette menace dont l'exécution n'est pas en leur pouvoir. Ils ne m'empêcheront pas d'être uni de cœur avec les fidéles; ils ne m'ôteront pas du rang des élus si j'y suis inscrit. Ils peuvent m'en ôter les consolations dans cette vie, mais non l'espoir dans celle qui doit la suivre, & c'est là que mon vœu le plus ardent & le plus sincere est d'avoir Jesus-Christ même pour arbitre & pour Juge entre eux & moi.

Tels sont, Monseigneur, mes vrais sentimens, que je ne donne pour régle à personne, mais que je déclare être les miens, & qui resteront tels tant qu'il plaira, non aux hommes, mais à Dieu, seul maître de changer mon cœur & ma raison: car aussi long-tems que je serai ce que je suis & que je penserai comme je pense, je parlerai comme je parle. Bien différent, je l'avoue, de vos Chrétiens en effigie, toujours prêts à croire ce qu'il faut croire ou à dire ce qu'il faut dire pour leur intérêt ou pour leur repos, & toujours sûrs d'être assez bons Chrétiens, pourvû qu'on ne brûle pas leurs Livres & qu'ils ne soient pas décrétés. Ils vivent en gens persuadés que non seulement il faut confesser tel & tel article, mais que cela suffit pour aller en paradis; & moi je pense, au contraire, que l'essentiel de la Religion consiste en pratique, que non seulement il faut être homme de bien, miséricordieux, humain, charitable; mais que quiconque est vraiment tel en croit assez pour être sauvé. J'avoue, au reste, que leur doctrine est plus commode que la mienne, & qu'il en coûte bien moins de se mettre au nombre des fidelles par des opinions que par des vertus.

Que si j'ai dû garder ces sentimens pour moi seul, comme ils ne cessent de le dire; si lorsque j'ai eu le courage de les publier & de me nommer, j'ai attaqué les Loix & troublé l'ordre public, c'est ce que j'examinerai tout-à-l'heure. Mais qu'il me soit permis, auparavant, de vous supplier, Monseigneur, vous & tous ceux qui liront cet écrit d'ajoûter quelque foi aux déclarations d'un ami de la vérité, & de ne pas imiter ceux qui, sans preuve, sans vraisemblance, & sur le seul témoignage de leur propre cœur, m'accusent d'athéisme & d'irréligion contre des protestations si positives & que rien de ma part n'a jamais démenties. Je n'ai pas trop, ce me semble, l'air d'un homme qui se déguise, & il n'est pas aisé de voir quel intérêt j'aurois à me déguiser ainsi. L'on doit présumer que celui qui s'exprime si librement sur ce qu'il ne croit pas, est sincere en ce qu'il dit croire, & quand ses discours, sa conduite & ses écrits sont toujours d'accord sur ce point, quiconque ose affirmer qu'il ment, & n'est pas un Dieu, ment infailliblement lui-même.

Je n'ai pas toujours eu le bonheur de vivre seul. J'ai fréquenté des hommes de toute espece. J'ai vû des gens de tous les partis, des Croyans de toutes les ſectes, des eſprits-forts de tous les ſyſtêmes : j'ai vû des grands, des petits, des libertains, des philoſophes. J'ai eu des amis ſûrs & d'autres qui l'étoient moins : j'ai été environné d'eſpions, de malveuillans, & le monde eſt plein de gens qui me haïſſent à cauſe du mal qu'ils m'ont fait. Je les adjure tous, quels qu'ils puiſſent être, de déclarer au public ce qu'ils ſavent de ma croyance en matiere de Religion : ſi dans le commerce le plus ſuivi, ſi dans la plus étroite familiarité, ſi dans la gayeté des repas, ſi dans les confidences du tête-à-tête ils m'ont jamais trouvé différent de moi-même ; ſi lorſqu'ils ont voulu diſputer ou plaiſanter, leurs argumens ou leurs railleries m'ont un moment ébranlé, s'ils m'ont ſurpris à varier dans mes ſentimens, ſi dans le ſecret de mon cœur ils en ont pénétré que je cachois au public ; ſi dans quelque tems que ce ſoit ils ont trouvé en moi une ombre de fauſſeté ou d'hypocriſie, qu'ils le diſent, qu'ils révelent tout, qu'ils me dévoilent ; j'y conſens, je les en prie, je les diſpenſe du ſecret de l'amitié ; qu'ils diſent hautement, non ce qu'ils voudroient que je fuſſe, mais ce qu'ils ſavent que je ſuis : qu'ils me jugent ſelon leur conſcience ; je leur confie mon honneur ſans crainte, & je promets de ne les point récuſer.

Que ceux qui m'accuſent d'être ſans Religion parce qu'ils ne conçoivent pas qu'on en puiſſe avoir une, s'accordent au moins s'ils peuvent entre eux. Les uns ne trouvent dans mes Livres qu'un Syſtême d'athéiſme, les autres diſent que je rends gloire à Dieu dans mes Livres ſans y croire au fond de mon cœur. Ils taxent mes écrits d'impiété & mes ſentimens d'hypocriſie. Mais ſi je prêche en public l'athéiſme, je ne ſuis donc pas un hypocrite, & ſi j'affecte une foi que je n'ai point, je n'enſeigne donc pas l'impiété. En entaſſant des imputations contradictoires la calomnie se découvre elle-même ; mais la malignité est aveugle, & la passion ne raisonne pas.

Je n'ai pas, il est vrai, cette foi dont j'entends se vanter tant de gens d'une probité si médiocre, cette foi robuste qui ne doute jamais de rien, qui croit sans façon tout ce qu'on lui présente à croire, & qui met à part ou dissimule les objections qu'elle ne sait pas résoudre. Je n'ai pas le bonheur de voir dans la révélation l'évidence qu'ils y trouvent, & si je me détermine pour elle, c'est parce que mon cœur m'y porte, qu'elle n'a rien que de consolant pour moi, & qu'à la rejetter les difficultés ne sont pas moindres ; mais ce n'est pas parce que je la vois démontrée, car très-sûrement elle ne l'est pas à mes yeux. Je ne suis pas même assez instruit à beaucoup près pour qu'une démonstration qui demande un si profond savoir, soit jamais à ma portée. N'est-il pas plaisant que moi qui propose ouvertement mes objections & mes doutes, je sois l'hypocrite, & que tous ces gens si décidés, qui disent sans cesse croire fermement ceci & cela, que ces gens si sûrs de tout, sans avoir pourtant de meilleures preuves que les miennes, que ces gens, enfin, dont la plus part ne sont gueres plus savans que moi, & qui, sans lever mes difficultés, me reprochent de les avoir proposées, soient les gens de bonne foi ?

Pourquoi serois-je un hypocrite, & que gagnerois-je à l'être ? J'ai attaqué tous les intérêts particuliers, j'ai suscité contre moi tous les partis, je n'ai soutenu que la cause de Dieu & de l'humanité, & qui est-ce qui s'en soucie ? Ce que j'en ai dit n'a pas même fait la moindre sensation, & pas une ame ne m'en a su gré. Si je me fusse ouvertement déclaré pour l'athéisme, les dévots ne m'auroient pas fait pis, & d'autres ennemis non moins dangereux ne me porteroient point leurs coups en secret. Si je me fusse

fusse ouvertement déclaré pour l'athéisme, les uns m'eussent attaqué avec plus de réserve en me voyant défendu par les autres, & disposé moi-même à la vengeance : mais un homme qui craint Dieu n'est gueres à craindre ; son parti n'est pas redoutable, il est seul ou à peu près, & l'on est sûr de pouvoir lui faire beaucoup de mal avant qu'il songe à le rendre. Si je me fusse ouvertement déclaré pour l'athéisme, en me séparant ainsi de l'Eglise ; j'aurois ôté tout d'un coup à ses Ministres le moyen de me harceller sans cesse, & de me faire endurer toutes leurs petites tyrannies ; je n'aurois point essuyé tant d'ineptes censures, & au lieu de me blâmer si aigrement d'avoir écrit il eût fallu me réfuter, ce qui n'est pas tout-à-fait si facile. Enfin si je me fusse ouvertement déclaré pour l'athéisme on eût d'abord un peu clabaudé ; mais on m'eût bientôt laissé en paix comme tous les autres ; le peuple du Seigneur n'eût point pris inspection sur moi, chacun n'eût point crû me faire grace en ne me traitant pas en excommunié ; & j'eusse été quitte-à-quitte avec tout le monde : Les saintes en Israël ne m'auroient point écrit des Lettres anonymes, & leur charité ne se fût point exhalée en dévotes injures ; elles n'eussent point pris la peine de m'assurer humblement que j'étois un scélérat, un monstre exécrable, & que le monde eût été trop heureux si quelque bonne ame eût pris le soin de m'étouffer au berceau : D'honnêtes gens, de leur côté, me regardant alors comme un réprouvé, ne se tourmenteroient & ne me tourmenteroient point pour me ramener dans la bonne voye ; ils ne me tirailleroient pas à droite & à gauche, ils ne m'étoufferoient pas sous le poids de leurs sermons ; ils ne me forceroient pas de bénir leur zèle en maudissant leur importunité, & de sentir avec reconnoiſſance qu'ils ſont appellés à me faire périr d'ennui.

Monseigneur, ſi je ſuis un hypocrite, je ſuis un fou ; puiſque, pour ce que je demande aux hommes, c'eſt une grande folie de ſe mettre en fraix de fauſſeté ; ſi je ſuis un hypocrite, je ſuis un ſot ; car il faut l'être beaucoup pour ne pas voir que le chemin que j'ai pris ne méne qu'à des malheurs dans cette vie, & que quand j'y pourrois trouver quelque avantage, je n'en puis profiter ſans me démentir. Il eſt vrai que j'y ſuis à tems encore ; je n'ai qu'à vouloir un moment tromper les hommes ; & je mets à mes pieds tous mes ennemis. Je n'ai point encore atteint la vieilleſſe ; je puis avoir long-tems à ſouffrir ; je puis voir changer derechef le public ſur mon compte : mais ſi jamais j'arrive aux honneurs & à la fortune ; par quelque route que j'y parvienne, alors je ſerai un hypocrite ; cela eſt ſûr.

La gloire de l'ami de la vérité n'eſt point attachée à telle opinion plutôt qu'à telle autre ; quoiqu'il diſe, pourvû qu'il le penſe, il tend à ſon but. Celui qui n'a d'autre intérêt que d'être vrai n'eſt point tenté de mentir, & il n'y a nul homme ſenſé qui ne préfére le moyen le plus ſimple, quand il eſt auſſi le plus ſûr. Mes ennemis auront beau faire avec leurs injures ; ils ne m'ôteront point l'honneur d'être un homme véridique en toute choſe, d'être le ſeul Auteur de mon ſiécle & de beaucoup d'autres qui ait écrit de bonne foi, & qui n'ait dit que ce qu'il a cru : ils pourront un moment ſouiller ma réputation à force de rumeurs & de calomnies ; mais elle en triomphera tôt ou tard ; car tandis qu'ils varieront dans leurs imputations ridicules, je reſterai toujours le même, & ſans autre art que ma franchise, j'ai dequoi les désoler toujours.

Mais cette franchise est déplacée avec le public! Mais toute vérité n'est pas bonne à dire! Mais bien que tous les gens sensés pensent comme vous, il n'est pas bon que le vulgaire pense ainsi! Voilà ce qu'on me crie de toutes parts; voilà, peut-être, ce que vous me diriez vous-même, si nous étions tête-à-tête dans votre Cabinet. Tels sont les hommes. Ils changent de langage comme d'habit; ils ne disent la vérité qu'en robe de chambre; en habit de parade ils ne savent plus que mentir, & non seulement ils sont trompeurs & fourbes à la face du genre humain, mais ils n'ont pas honte de punir contre leur conscience quiconque ose n'être pas fourbe & trompeur public comme eux. Mais ce principe est-il bien vrai que toute vérité n'est pas bonne à dire? Quand il le seroit, s'ensuivroit-il que nulle erreur ne fût bonne à détruire, & toutes les folies des hommes sont-elles si saintes qu'il n'y en ait aucune qu'on ne doive respecter? Voilà ce qu'il conviendroit d'examiner avant de me donner pour loi une maxime suspecte & vague, qui, fût-elle vraye en elle-même, peut pécher par son application.

J'ai grande envie, Monseigneur, de prendre ici ma méthode ordinaire, & de donner l'histoire de mes idées pour toute réponse à mes accusateurs. Je crois ne pouvoir mieux justifier tout ce que j'ai osé dire, qu'en disant encore tout ce que j'ai pensé.

Sitôt que je fus en état d'observer les hommes, je les regardois faire, & je les écoutois parler; puis, voyant que leurs actions ne ressembloient point à leurs discours, je cherchai la raison de cette dissemblance, & je trouvai qu'être & paroître étant pour eux deux choses aussi différentes qu'agir & parler, cette deuxieme différence étoit la cause de l'autre, & avoit elle-même une cause qui me restoit à chercher.

Je la trouvai dans notre ordre social, qui, de tout point contraire à la nature que rien ne détruit, la tyrannise sans cesse, & lui fait sans cesse réclamer ses droits. Je suivis cette contradiction dans ses conséquences, & je vis qu'elle expliquoit seule tous les vices des hommes & tous les maux de la société. D'où je conclus qu'il n'étoit pas nécessaire de supposer l'homme méchant par sa nature, lorsqu'on pouvoit marquer l'origine & le progrès de sa méchanceté. Ces réflexions me conduisirent à de nouvelles recherches sur l'esprit humain considéré dans l'état civil, & je trouvai qu'alors le développement des lumieres & des vices se faisoit toujours en même raison, non dans les individus, mais dans les peuples; distinction que j'ai toujours soigneusement faite, & qu'aucun de ceux qui m'ont attaqué n'a jamais pu concevoir.

J'ai cherché la vérité dans les Livres; je n'y ai trouvé que le mensonge & l'erreur. J'ai consulté les Auteurs; je n'ai trouvé que des Charlatans qui se font un jeu de tromper les hommes, sans autre Loi que leur intérêt, sans autre Dieu que leur réputation; prompts à décrier les chefs qui ne les traitent pas à leur gré, plus prompts à louer l'iniquité qui les paye. En écoutant les gens à qui l'on permet de parler en public, j'ai compris qu'ils n'osent ou ne veulent dire que ce qui convient à ceux qui commandent, & que payés par le fort pour prêcher le foible, ils ne savent parler au dernier que de ses devoirs, & à l'autre que de ses droits.

Toute l'instruction publique tendra toujours au mensonge tant que ceux qui la dirigent trouveront leur intérêt à mentir, & c'est pour eux seulement que la vérité n'est pas bonne à dire. Pourquoi serois-je le complice de ces gens-là ?

Il y a des préjugés qu'il faut respecter ? Cela peut être : Mais c'est quand d'ailleurs tout est dans l'ordre, & qu'on ne peut ôter ces préjugés sans ôter aussi ce qui les rachette ; on laisse alors le mal pour l'amour du bien. Mais lorsque tel est l'état des choses que plus rien ne sauroit changer qu'en mieux, les préjugés sont-ils si respectables qu'il faille leur sacrifier la raison, la vertu, la justice, & tout le bien que la vérité pourroit faire aux hommes ? Pour moi, j'ai promis de la dire en toute chose utile, autant qu'il seroit en moi ; c'est un engagement que j'ai dû remplir selon mon talent, & que sûrement un autre ne remplira pas à ma place, puisque chacun se devant à tous, nul ne peut payer pour autrui. *La divine vérité*, dit Augustin, *n'est ni à moi ni à vous ni à lui, mais à nous tous qu'elle appelle avec force à la publier de concert, sous peine d'être inutile à nous-mêmes si nous ne la communiquons aux autres : car quiconque s'approprie à lui seul un bien dont Dieu veut que tous jouissent, perd par cette usurpation ce qu'il dérobe au public, & ne trouve qu'erreur en lui-même, pour avoir trahi la vérité* (o).

Les hommes ne doivent point être instruits à demi. S'ils doivent rester dans l'erreur, que ne les laissez-vous dans l'ignorance ? A quoi bon tant d'Ecoles & d'Universités pour ne leur

(o) Aug. confess. L. XII. c. 25.

apprendre rien de ce qui leur importe à savoir ? Quel est donc l'objet de vos Colleges, de vos Académies, de tant de fondations savantes ? Est-ce de donner le change au Peuple, d'altérer sa raison d'avance, & de l'empêcher d'aller au vrai ? Professeurs de mensonge, c'est pour l'abuser que vous feignez de l'instruire, &, comme ces brigands qui mettent des fanaux sur des écueils, vous l'éclairez pour le perdre.

Voila ce que je pensois en prenant la plume, & en la quittant je n'ai pas lieu de changer de sentiment. J'ai toujours vu que l'instruction publique avoit deux défauts essentiels qu'il étoit impossible d'en ôter. L'un est la mauvaise foi de ceux qui la donnent, & l'autre l'aveuglement de ceux qui la reçoivent. Si des hommes sans passions instruisoient des hommes sans préjugés, nos connoissances resteroient plus bornées mais plus sûres, & la raison régneroit toujours. Or, quoiqu'on fasse, l'intérêt des hommes publics sera toujours le même, mais les préjugés du peuple n'ayant aucune base fixe sont plus variables ; ils peuvent être altérés, changés, augmentés ou diminués. C'est donc de ce côté seul que l'instruction peut avoir quelque prise, & c'est-là que doit tendre l'ami de la vérité. Il peut espérer de rendre le peuple plus raisonnable, mais non ceux qui le ménent plus honnêtes gens.

J'ai vu dans la Religion la même fausseté que dans la politique, & j'en ai été beaucoup plus indigné : car le vice du Gouvernement ne peut rendre les sujets malheureux que sur la terre ; mais qui sait jusqu'où les erreurs de la conscience peuvent nuire aux infortunés mortels ? J'ai vu qu'on avoit des professions de foi, des doctrines, des cultes qu'on suivoit sans y croire, & que rien de tout cela ne pénétrant ni le cœur ni la raison, n'influoit que très-peu sur la conduite. Monseigneur, il faut vous parler sans détour. Le vrai Croyant ne peut s'accommoder de toutes ces simagrées : il sent que l'homme est un être intelligent auquel il faut un culte raisonnable, & un être sociable auquel il faut une morale faite pour l'humanité. Trouvons premierement ce culte & cette morale ; cela sera de tous les hommes, & puis quand il faudra des formules nationales, nous en examinerons les fondemens, les rapports, les convenances, & après avoir dit ce qui est de l'homme, nous dirons ensuite ce qui est du Citoyen. Ne faisons pas, sur-tout, comme votre Monsieur Joli de Fleuri, qui, pour établir son Jansénisme, veut déraciner toute loi naturelle & toute obligation qui lie entre eux les humains ; de sorte que selon lui le Chrétien & l'Infidelle qui contractent entre eux, ne sont tenus à rien du tout l'un envers l'autre ; puisqu'il n'y a point de loi commune à tous les deux.

Je vois donc deux manieres d'examiner & comparer les Religions diverses ; l'une selon le vrai & le faux qui s'y trouvent, soit quant aux faits naturels ou surnaturels sur lesquels elles sont établies, soit quant aux notions que la raison nous donne de l'être suprême & du culte qu'il veut de nous : l'autre selon leurs effets temporels & moraux sur la terre, selon le bien ou le mal qu'elles peuvent faire à la société & au genre humain. Il ne faut pas, pour empêcher ce double examen, commencer par décider que ces deux choses vont toujours ensemble, & que la Religion la plus vraye est aussi la plus sociale ; c'est précisément ce qui est en question ; & il ne faut pas d'abord crier que celui qui traite cette question est un impie, un athée ; puisque autre chose eſt de croire, & autre choſe d'examiner l'effet de ce que l'on croit.

Il paroît pourtant certain, je l'avoue, que ſi l'homme eſt fait pour la ſociété, la Religion la plus vraye eſt auſſi la plus ſociale & la plus humaine; car Dieu veut que nous ſoyons tels qu'il nous a faits, & s'il étoit vrai qu'il nous eût fait méchans, ce ſeroit lui déſobéir que de vouloir ceſſer de l'être. De plus la Religion conſidérée comme une relation entre Dieu & l'homme, ne peut aller à la gloire de Dieu que par le bien-être de l'homme, puiſque l'autre terme de la relation qui eſt Dieu, eſt par ſa nature au-deſſus de tout ce que peut l'homme pour ou contre lui.

Mais ce ſentement, tout probable qu'il eſt, eſt ſujet à de grandes difficultés, par l'hiſtorique & les faits qui le contrarient. Les Juifs étoient les ennemis nés de tous les autres Peuples, & ils commencerent leur établiſſement par détruire ſept nations, ſelon l'ordre exprès qu'ils en avoient reçu: Tous les Chrétiens ont eu des guerres de Religion, & la guerre eſt nuiſible aux hommes; tous les partis ont été perſécuteurs & perſécutés, & la perſécution eſt nuiſible aux hommes; pluſieurs ſectes vantent le célibat, & le célibat eſt ſi nuiſible (33) à l'eſ-

(33) La continence & la pureté ont leur uſage, même pour la population; il eſt toujours beau de ſe commander à ſoi-même, & l'état de virginité eſt par ces raiſons très digne d'eſtime; mais il ne s'enſuit pas qu'il ſoit beau ni bon ni louable de perſévérer toute la vie dans cet état, en offenſant la nature & en trompant ſa deſtination. L'on a plus de reſpect pour une jeune vierge nubile, que pour une jeune femme; mais on en a plus pour une mere de famille que pour une vieille fille, & cela me paroît très-ſenſé. Comme on ne ſe marie pas en

pece humaine, que s'il étoit ſuivi par tout, elle périroit. Si cela ne fait pas preuve pour décider, cela fait raiſon pour examiner, & je ne demandois autre choſe ſinon qu'on permît cet examen.

Je ne dis ni ne penſe qu'il n'y ait aucune bonne Religion ſur la terre; mais je dis, & il eſt trop vrai, qu'il n'y en a aucune parmi celles qui ſont ou qui ont été dominantes, qui n'ait fait à l'humanité des playes cruelles. Tous les partis ont tourmenté leurs freres, tous ont offert à Dieu des ſacrifices de ſang humain. Quelle que ſoit la ſource de ces contradictions, elles exiſtent; eſt-ce un crime de vouloir les ôter?

La charité n'eſt point meurtriere. L'amour du prochain ne porte point à le maſſacrer. Ainſi le zèle du ſalut des hommes n'eſt point la cauſe des perſécution; c'eſt l'amour-propre & l'orgueil qui en eſt la cauſe. Moins un culte eſt raiſonnable, plus on cherche à l'établir par la force: celui qui profeſſe une doctrine inſenſée ne peut ſouffrir

---

naiſſant, & qu'il n'eſt pas même à propos de ſe marier fort jeune; la virginité, que tous ont dû porter & honorer, a ſa néceſſité, ſon utilité, ſon prix, & ſa gloire; mais c'eſt pour aller, quand il convient, dépoſer toute ſa pureté dans le mariage. Quoi! diſent ils de leur air bêtement triomphant, des célibataires prêchent le nœud conjugal! pourquoi donc ne ſe marient-ils pas? Ah! pourquoi? Parce qu'un état ſi ſaint & ſi doux en lui-même eſt devenu par vos ſottes inſtitutions un état malheureux & ridicule, dans lequel il eſt déſormais preſque impoſſible de vivre ſans être un fripon ou un ſot. Sceptres de fer, loix inſenſées! c'eſt à vous que nous reprochons de n'avoir pu remplir nos devoirs ſur la terre, & c'eſt par nous que le cri de la nature s'éleve contre votre barbarie Comment oſez vous la pouſſer juſqu'à nous reprocher la miſere où vous nous avez réduits?

qu'on ose la voir telle qu'elle eſt : la raiſon devient alors le plus grand des crimes ; à quelque prix que ce ſoit il faut l'ôter aux autres, parce qu'on a honte d'en manquer à leurs yeux. Ainſi l'intolérance & l'inconſéquence ont la même ſource. Il faut ſans ceſſe intimider, effrayer les hommes. Si vous les livrez un moment à leur raiſon vous êtes perdus.

De cela ſeul, il ſuit que c'eſt un grand bien à faire aux peuples dans ce délire, que de leur apprendre à raiſonner ſur la Religion : car c'eſt les rapprocher des devoirs de l'homme, c'eſt ôter le poignard à l'intolérance, c'eſt rendre à l'humanité tous ſes droits. Mais il faut remonter à des principes généraux & communs à tous les hommes ; car ſi, voulant raiſonner, vous laiſſez quelque priſe à l'autorité des Prêtres, vous rendez au fanatiſme ſon arme, & vous lui fourniſſez dequoi devenir plus cruel.

Celui qui aime la paix ne doit point recourir à des Livres ; c'eſt le moyen de ne rien finir. Les Livres ſont des ſources de diſputes intariſſables ; parcourez l'hiſtoire des Peuples : ceux qui n'ont point de Livres ne diſputent point. Voulez-vous aſſervir les hommes à des autorités humaines ? L'un ſera plus près, l'autre plus loin de la preuve ; ils en ſeront diverſement affectés : avec la bonne foi la plus entiere, avec le meilleur jugement du monde, il eſt impoſſible qu'ils ſoient jamais d'accord. N'argumentez point ſur des arguments & ne vous fondez point ſur des diſcours. Le langage humain n'eſt pas aſſez clair. Dieu lui-même, s'il daignoit nous parler dans nos langues, ne nous diroit rien ſur quoi l'on ne pût diſputer.

Nos langues ſont l'ouvrage des hommes, & les hommes ſont bornés. Nos langues ſont l'ouvrage des hommes, & les hommes ſont menteurs. Comme il n'y a point de vérité si clairement énoncée où l'on ne puisse trouver quelque chicane à faire, il n'y a point de si grossier mensonge qu'on ne puisse étayer de quelque fausse raison.

SUPPOSONS qu'un particulier vienne à minuit nous crier qu'il est jour; on se moquera de lui: mais laissez à ce particulier le temps & les moyens de se faire une secte, tôt ou tard ses partisans viendront à bout de vous prouver qu'il disoit vrai. Car enfin, diront-ils, quand il a prononcé qu'il étoit jour, il étoit jour en quelque lieu de la terre; rien n'est plus certain. D'autres ayant établi qu'il y a toujours dans l'air quelques particules de lumiere, soutiendront qu'en un autre sens encore, il est très-vrai qu'il est jour la nuit. Pourvû que des gens subtil s'en mêlent, bientôt on vous fera voir le soleil en plein minuit. Tout le monde ne se rendra pas à cette évidence. Il y aura des débats qui dégénéreront, selon l'usage, en guerres & en cruautés. Les uns voudront des explications, les autres n'en voudront point; l'un voudra prendre la proposition au figuré, l'autre au propre. L'un dira; il a dit à minuit qu'il étoit jour; & il étoit nuit: l'autre dira: il a dit à minuit qu'il étoit jour, & il étoit jour. Chacun taxera de mauvaise foi le parti contraire, & n'y verra que des obstinés. On finira par se battre, se massacrer; les flots de sang coûleront de toutes parts; & si la nouvelle secte est enfin victorieuse, il restera démontré qu'il est jour la nuit. C'est à peu près l'histoire de toutes les querelles de Religion.

LA PLUPART des cultes nouveaux s'établissent par le fanatisme, & se maintiennent par l'hypocrisie; de là vient qu'ils choquent la raison & ne menent point à la vertu. L'enthousiasme &

le délire ne raisonnent pas; tant qu'ils durent, tout passe & l'on marchande peu sur les dogmes: Cela est d'ailleurs si commode! la doctrine coûte si peu à suivre & la morale coûte tant à pratiquer, qu'en se jettant du côté le plus facile, on rachette les bonnes œuvres par le mérite d'une grande foi. Mais quoiqu'on fasse, le fanatisme est un état de crise qui ne peut durer toujours. Il a ses accès plus ou moins longs, plus ou moins fréquens, & il a aussi ses relâches, durant lesquels on est de sang froid. C'est alors qu'en revenant sur soi-même, on est tout surpris de se voir enchaîné par tant d'absurdités. Cependant le culte est réglé, les formes sont prescrites, les loix sont établies, les transgresseurs sont punis. Ira-t-on protester seul contre tout cela, recuser les Loix de son pays, & renier la Religion de son pere? Qui l'oseroit? On se soumet en silence, l'intérêt veut qu'on soit de l'avis de celui dont on hérite. On fait donc comme les autres; sauf à rire à son aise en particulier de ce qu'on feint de respecter en public. Voila, Monseigneur, comme pense le gros des hommes dans la plupart des Religions, & surtout dans la vôtre; & voila la clef des inconséquences qu'on remarque entre leur morale & leurs actions. Leur croyance n'est qu'apparence, & leurs mœurs sont comme leur foi.

Pourquoi un homme a-t-il inspection sur la croyance d'un autre, & pourquoi l'Etat a-t-il inspection sur celle des Citoyens? C'est parce qu'on suppose que la croyance des hommes détermine leur morale, & que les idées qu'ils ont de la vie à venir dépend leur conduite en celle-ci. Quand cela n'est pas, qu'importe ce qu'ils croyent, ou ce qu'ils font semblant de croire? L'apparence de la Religion ne sert plus qu'à les dispenser d'en avoir une.

DANS la société chacun est en droit de s'informer si un autre se croit obligé d'être juste, & le Souverain est en droit d'examiner les raisons sur lesquelles chacun fonde cette obligation. De plus, les formes nationales doivent être observées ; c'est sur quoi j'ai beaucoup insisté. Mais quant aux opinions qui ne tiennent point à la morale, qui n'influent en aucune maniere sur les actions, & qui ne tendent point à transgresser les Loix, chacun n'a là-dessus que son jugement pour maître, & nul n'a ni droit ni intérêt de prescrire à d'autres sa façon de penser. Si, par exemple, quelqu'un, même constitué en autorité, venoit me demander mon sentiment sur la fameuse question de l'hypostase dont la Bible ne dit pas un mot, mais pour laquelle tant de grands enfans ont tenu des Conciles & tant d'hommes ont été tourmentés ; après lui avoir dit que je ne l'entens point & ne me soucie point de l'entendre ; je le prierois le plus honnêtement que je pourrois de se mêler de ses affaires, & s'il insistoit, je le laisserois-là.

VOILA le seul principe sur lequel on puisse établir quelque chose de fixe & d'équitable sur les disputes de Religion ; sans quoi, chacun posant de son côté ce qui est en question, jamais on ne conviendra de rien, l'on ne s'entendra de la vie, & la Religion, qui devroit faire le bonheur des hommes, fera toujours leurs plus grands maux.

MAIS plus les Religions vieillissent, plus leur objet se perd de vue ; les subtilités se multiplient, on veut tout expliquer, tout décider, tout entendre ; incessamment la doctrine se rafine & la morale dépérit toujours plus. Assurément il y a loin de l'esprit du Deutéronome à l'esprit du Talmud & de la Misna, & de l'esprit de l'Evangile aux querelles sur la Constitution ! Saint Thomas demande (34) si par la succession des tems les articles de foi se sont multipliés, & il se déclare pour l'affirmative. C'est-à-dire que les docteurs, renchérissant les uns sur les autres, en savent plus que n'en ont dit les Apôtres & Jesus-Christ. Saint Paul avoue ne voir qu'obscurément & ne connoître qu'en partie (35). Vraiment nos Théologiens sont bien plus avancés que cela ; ils voyent tout, ils savent tout : ils nous rendent clair ce qui est obscur dans l'Ecriture ; ils prononcent sur ce qui étoit indécis : ils nous font sentir avec leur modestie ordinaire que les Auteurs Sacrés avoient grand besoin de leur secours pour se faire entendre, & que le Saint Esprit n'eut pas su s'expliquer clairement sans eux.

QUAND on perd de vue les devoirs de l'homme pour ne s'occuper que des opinions des Prêtres & de leurs frivoles disputes, on ne demande plus d'un Chrétien s'il craint Dieu, mais s'il est orthodoxe ; on lui fait signer des formulaires sur les questions les plus inutiles & souvent les plus intelligibles, & quand il a signé, tout va bien ; l'on ne s'informe plus du reste. Pourvû qu'il n'aille pas se faire pendre, il peut vivre au surplus comme il lui plaira ; ses mœurs ne font rien à l'affaire, la doctrine est en sûreté. Quand la Religion en est-là, quel bien fait-elle à la société, de quel avantage est-elle aux hommes ? Elle ne sert qu'à exciter entre eux des dissentions ; des troubles, des guerres de

---

(34) *Secunda secunda Quæst. I. Art. VII.*
(35) I. Cor. XIII. 9. 12.

toute espece ; à les faire entre-égorger pour des Logogryphes : il vaudroit mieux alors n'avoir point de Religion que d'en avoir une si mal entendue. Empêchons-la, s'il se peut, de dégénérer à ce point, & soyons sûrs, malgré les buchers & les chaînes, d'avoir bien mérité du genre humain.

Supposons que, las des querelles qui le déchirent, il s'assemble pour les terminer & convenir d'une Religion commune à tous les Peuples. Chacun commencera, cela est sûr, par proposer la sienne comme la seule vraye, la seule raisonnable & démontrée, la seule agréable à Dieu & utile aux hommes ? mais ses preuves ne répondant pas là-dessus à sa persuasion, du moins au gré des autres sectes, chaque parti n'aura de voix que la sienne ; tous les autres se réuniront contre lui ; cela n'est pas moins sûr. La délibération fera le tour de cette maniere, un seul proposant, & tous rejettant ; ce n'est pas le moyen d'être d'accord. Il est croyable qu'après bien du tems perdu dans ces altercations puériles, les hommes de sens chercheront des moyens de conciliation. Ils proposeront, pour cela, de commencer par chasser tous les Théologiens de l'assemblée, & il ne leur sera pas difficile de faire voir combien ce préliminaire est indispensable. Cette bonne œuvre faite, ils diront aux peuples : Tant que vous ne conviendrez pas de quelque principe, il n'est pas possible même que vous vous entendiez, & c'est un argument qui n'a jamais convaincu personne que de dire ; vous avez tort, car j'ai raison.

» Vous parlez de ce qui est agréable à Dieu, » Voila précisément ce qui est en question. Si » nous savions quel culte lui est le plus agréa» ble, il n'y auroit plus de dispute entre nous.

» Vous parlez aussi de ce qui est utile aux hom-
» mes : C'est autre chose ; les hommes peuvent
» juger de cela. Prenons donc cette utilité
» pour regle, & puis établissons la doctrine qui
» s'y rapporte le plus. Nous pourrons espérer
» d'approcher ainsi de la vérité autant qu'il est
» possible à des hommes : car il est à présumer
» que ce qui est le plus utile aux créatures, est
» le plus agréable au Créateur.

» CHERCHONS d'abord s'il y a quelque affi-
» nité naturelle entre nous, si nous sommes
» quelque chose les uns aux autres. Vous
» Juifs, que pensez-vous sur l'origine du gen-
» re humain ? Nous pensons qu'il est sorti d'un
» même Pere. Et vous Chrétiens ? Nous pen-
» sons là-dessus comme les Juifs. Et vous,
» Turcs ? Nous pensons comme les Juifs & les
» Chrétiens. Cela est déja bon : puisque les
» hommes sont tous freres, ils doivent s'aimer
» comme tels.

» DITES-NOUS maintenant de qui leur Pere
» commun avoit reçû l'être ? Car il ne s'étoit
» pas fait tout seul. Du Créateur du Ciel & de
» la terre. Juifs, Chrétiens & Turcs sont d'ac-
» cord aussi sur cela ; c'est encore un très-grand
» point.

» ET CET homme, ouvrage du Créateur, est-
» il un être simple ou mixte ? Est-il formé d'u-
» ne substance unique, ou de plusieurs ? Chré-
» tiens, répondez. Il est composé de deux sub-
» stances, dont l'une est mortelle, & dont l'au-
» tre ne peut mourir. Et vous, Turcs ? Nous
» pensons de même. Et vous, Juifs ? Autrefois
» nos idées là-dessus étoient fort confuses,
» comme les expressions de nos Livres Sacrés ;
» mais les Esséniens nous ont éclairés, & nous
» pensons encore sur ce point comme les
» Chrétiens. «

En procédant ainsi d'interrogations en interrogations, sur la providence divine, sur l'économie de la vie-à-venir, & sur toutes les questions essentielles au bon ordre du genre humain, ces mêmes hommes ayant obtenu de tous des réponses presque uniformes, leur diront: (On se souviendra que les Théologiens n'y sont plus.) » Mes amis de quoi vous tourmentez-» vous? Vous voila tous d'accord sur ce qui » vous importe; quand vous différerez de senti-» ment sur le reste, j'y vois peu d'inconvénient. » Formez de ce petit nombre d'articles une Re-» ligion universelle, qui soit, pour ainsi dire, » la Religion humaine & sociale, que tout hom-» me vivant en société soit obligé d'admettre. » Si quelqu'un dogmatise contre elle, qu'il soit » banni de la société, comme ennemi de ses » Loix fondamentales. Quant au reste sur quoi » vous n'êtes pas d'accord, formez chacun de » vos croyances particulieres autant de Reli-» gions nationales, & suivez-les en sincérité » de cœur. Mais n'allez point vous tourmen-» tant pour les faire admettre aux autres Peu-» ples, & soyez assurés que Dieu n'exige pas » cela. Car il est aussi injuste de vouloir les » soumettre à vos opinions qu'à vos loix, & » les missionnaires ne me semblent gueres plus » sages que les conquérans.

» En suivant vos diverses doctrines, cessez » de vous les figurer si démontrées que quicon-» que ne les voit pas telles soit coupable à vos » yeux de mauvaise foi. Ne croyez point que » tous ceux qui pésent vos preuves & les re-» jettent, soient pour cela des obstinés que leur » incrédulité rende punissables; ne croyez point » que la raison, l'amour du vrai, la sincérité » soient pour vous seuls. Quoiqu'on fasse, on » sera toujours porté à traiter en ennemis ceux

» qu'on accusera de se refuser à l'évidence. On » plaint l'erreur, mais on hait l'opiniâtreté. » Donnez la préférence à vos raisons, à la bon- » ne heure ; mais sachez que ceux qui ne s'y » rendent pas, ont les leurs.

» HONOREZ en général tous les fondateurs » de vos cultes respectifs. Que chacun rende » au sien ce qu'il croit lui devoir, mais qu'il » ne méprise point ceux des autres. Ils ont eu » de grands génies & de grandes vertus : cela » est toujours estimable. Ils se sont dits les En- » voyés de Dieu, cela peut être & n'être pas : » c'est de quoi la pluralité ne sauroit juger » d'une maniere uniforme, les preuves n'étant » pas également à sa portée. Mais quand cela „ ne seroit pas, il ne faut point les traiter si „ légérement d'imposteurs. Qui sait jusqu'où „ les méditations continuelles sur la divinité, „ jusqu'où l'enthousiasme de la vertu ont pu, „ dans leurs sublimes ames, troubler l'ordre „ didactique & rampant des idées vulgaires ? „ Dans une trop grande élévation la tête tour- „ ne, & l'on ne voit plus les choses comme „ elles sont. Socrate a cru avoir un esprit fa- „ milier, & l'on n'a point osé l'accuser pour „ cela d'être un fourbe. Traiterons-nous les „ fondateurs des Peuples, les bienfaiteurs des „ nations, avec moins d'égards qu'un particu- „ lier ?

„ DU RESTE, plus de dispute entre vous „ sur la préférence de vos cultes. Ils sont tous „ bons, lorsqu'ils sont prescrits par les loix, „ & que la Religion essentielle s'y trouve ; „ ils sont mauvais quand elle ne s'y trouve „ pas. La forme du culte est la police des Re- „ ligions & non leur essence, & c'est au Sou- „ verain qu'il appartient de régler la police dans „ son pays. "

J'AI pensé, Monseigneur, que celui qui raisonneroit ainsi ne seroit point un blasphémateur, un impie; qu'il proposeroit un moyen de paix juste, raisonnable, utile aux hommes; & que cela n'empêcheroit pas qu'il n'eût sa Religion particuliere ainsi que les autres, & qu'il n'y fût tout aussi sincerement attaché. Le vrai Croyant, sachant que l'infidele est aussi un homme, & peut être un honnête homme, peut sans crime s'intéresser à son sort. Qu'il empêche un culte étranger de s'introduire dans son pays, cela est juste; mais qu'il ne damne pas pour cela ceux qui ne pensent pas comme lui; car quiconque prononce un jugement si téméraire se rend l'ennemi du reste du genre humain. J'entends dire sans cesse qu'il faut admettre la tolérance civile, non la théologique; je pense tout le contraire. Je crois qu'un homme de bien, dans quelque Religion qu'il vive de bonne foi, peut être sauvé. Mais je ne crois pas pour cela qu'on puisse légitimement introduire en un pays des Religions étrangeres sans la permission du Souverain; car si ce n'est pas directement désobéir à Dieu, c'est désobéir aux Loix; & qui désobéit aux Loix désobéit à Dieu.

QUANT aux Religions une fois établies ou tolérées dans un pays, je crois qu'il est injuste & barbare de les y détruire par la violence, & que le Souverain se fait tort à lui-même en maltraitant leurs sectateurs. Il est bien différent d'embrasser une Religion nouvelle, ou de vivre dans celle où l'on est né; le premier cas seul est punissable. On ne doit ni laisser établir une diversité de cultes; ni proscrire ceux qui sont une fois établis; car un fils n'a jamais tort de suivre la Religion de son pere. La raison de la tranquillité publique est toute contre les persécuteurs. La Religion n'excite jamais de troubles dans un Etat que quand le parti dominant veut tourmenter le parti foible, ou que le parti foible, intolérant par principe, ne peut vivre en paix avec qui que ce soit. Mais tout culte légitime, c'est-à-dire, tout culte où se trouve la Religion essentielle, & dont, par conséquent, les sectateurs ne demandent que d'être soufferts & vivre en paix, n'a jamais causé ni révoltes ni guerres civiles, si ce n'est lorsqu'il a falu se défendre & repousser les persécuteurs. Jamais les Protestans n'ont pris les armes en France que lorsqu'on les y a poursuivis. Si l'on eût pu se resoudre à les laisser en paix, ils y seroient demeurés. Je conviens sans détour qu'à sa naissance la Religion réformée n'avoit pas droit de s'établir en France, malgré les loix. Mais lorsque, transmise des Peres aux enfans, cette Religion fut devenue celle d'une partie de la Nation Françoise, & que le Prince eût solemnellement traité avec cette partie par l'Edit de Nantes; cet Edit devint un Contract inviolable, qui ne pouvoit plus être annulé que du commun consentement des deux parties, & depuis ce tems, l'exercice de la Religion Protestante est, selon moi, légitime en France.

Quand il ne le seroit pas, il resteroit toujours aux sujets l'alternative de sortir du Royaume avec leurs biens, ou d'y rester soumis au culte dominant. Mais les contraindre à rester sans les vouloir tolérer, vouloir à la fois qu'ils soient & qu'ils ne soient pas, les priver même du droit de la nature, annuler leurs mariages (36), déclarer leurs enfans batards......

---

(36) Dans un Arrêt du Parlement de Toulouse concernant l'affaire de l'infortuné Calas, on reproche aux Protestans de faire entre eux des mariages,

en ne disant que ce qui est, j'en dirois trop; il faut me taire.

Voici du moins, ce que je puis dire. En considérant la seule raison d'Etat, peut-être a-t-on bien fait d'ôter aux Protestans François tous leurs chefs : mais il falloit s'arrêter là. Les maximes politiques ont leurs applications & leurs dinstinctions. Pour prévenir des dissentions qu'on n'a plus à craindre, on s'ôte des ressources dont on auroit grand besoin. Un parti qui n'a plus ni Grands ni Noblesse à sa tête, quel mal peut-il faire dans un Royaume tel que la France? Examinez toutes vos précédentes guerres, appellées guerres de Religion; vous trouverez qu'il n'y en a pas une qui n'ait eu sa cause à la Cour & dans les intérêts des Grands. Des intrigues de Cabinet brouilloient les affaires, &

---

qui, selon les Protestans ne sont que des Actes civils, & par conséquent soumis entierement pour la forme & les effets à la volonté du Roi.

Ainsi de ce que, selon les Protestans, le mariage est un acte civil, il s'ensuit qu'ils sont obligés de se soumettre à la volonté du Roi, qui en fait un acte de la Religion Catholique. Les Protestans, pour se marier, sont légitimement tenus de se faire Catholiques; attendu que, selon eux, le mariage est un acte civil. Telle est la maniere de raisonner de Messieurs du Parlement de Toulouse.

La France est un Royaume si vaste, que les François se sont mis dans l'esprit que le genre humain ne devoit point avoir d'autres loix que les leurs. Leurs Parlemens & leurs Tribunaux paroissent n'avoir aucune idée du Droit naturel ni du Droit des Gens; & il est à remarquer que dans tout ce grand Royaume où sont tant d'Universités, tant de Colleges, tant d'Académies, & où l'on enseigne avec tant d'importance tant d'inutilités, il n'y a pas une seule chaîre de Droit naturel. C'est le seul peuple de l'Europe qui ait regardé cette étude comme n'étant bonne pour rien.

puis les Chefs ameutoient les peuples au nom de Dieu. Mais quelles intrigues, quelles cabales peuvent former des Marchands & des Paysans? Comment s'y prendront-ils pour susciter un parti dans un pays où l'on ne veut que des Valets ou des Maîtres, & où l'égalité est inconnue ou en horreur? Un marchand proposant de lever des troupes peut se faire écouter en Angleterre, mais il sera toujours rire de François (37).

Si j'étois, Roi? Non : Ministre? Encore moins : mais homme puissant en France, je dirois. Tout tend parmi nous aux emplois, aux charges; tout veut achetter le droit de mal faire : Paris & la Cour engouffrent tout. Laissons ces pauvres gens remplir le vuide des Provinces; qu'ils soient marchands, & toujours marchands; laboureurs, & toujours laboureurs. Ne pouvant quitter leur état, ils en tireront le meilleur parti possible; ils remplaceront les nôtres dans les conditions privées dont nous cherchons tous à sortir; ils feront valoir le commerce & l'agriculture que tout nous fait abandonner; ils alimenteront notre luxe; ils travailleront, & nous jouïrons.

Si ce projet n'étoit pas plus équitable que ceux qu'on suit, il seroit du moins plus humain,

---

(37) Le seul cas qui force un peuple ainsi dénué de Chefs à prendre les armes, c'est quand, réduit au désespoir par ses persécuteurs, il voit qu'il ne lui reste plus de choix que dans la maniere de périr. Telle fût, au commencement de ce siécle la guerre des Camisards. Alors on est tout étonné de la force qu'un parti méprisé tire de son désespoir : c'est ce que jamais les persécuteurs n'ont su calculer d'avance. Cependant de telles guerres coûtent tant de sang qu'ils devroient bien y songer avant de les rendre inévitables.

„ & sûrement il seroit plus utile. C'est moins la „ tyrannie & c'est moins l'ambition des Chefs, que „ ce ne sont leurs préjugés & leurs courtes vues, „ qui font le malheur des Nations.

JE FINIRAI par transcrire une espece de discours, qui a quelque rapport à mon sujet, & qui ne m'en écartera pas long-tems.

UN PARSIS de Suratte ayant épousé en secret une Musulmanne fut découvert, arrêté, & ayant refusé d'embrasser le mahométisme, il fut condamné à mort. Avant d'aller au supplice, il parla ainsi à ses juges.

„ QUOI! vous voulez m'ôter la vie! Eh, de „ quoi me punissez-vous? J'ai transgressé ma „ loi plutôt que la votre: ma loi parle au cœur „ & n'est pas cruelle; mon crime a été puni „ par le blâme de mes freres. Mais que vous „ ai-je fait pour mériter de mourir? Je vous „ ai traités comme ma famille, & je me suis „ choisi une sœur parmi vous. Je l'ai laissée libre „ dans sa croyance, & elle a respecté la mienne pour son propre intérêt. Borné sans regret à elle seule, je l'ai honorée comme „ l'instrument du culte qu'exige l'Auteur de „ mon être, j'ai payé par elle le tribut que „ tout homme doit au genre humain: l'amour „ me l'a donnée & la vertu me la rendoit chere, elle n'a point vécu dans la servitude, elle „ a possédé sans partage le cœur de son époux; „ ma faute n'a pas moins fait son bonheur que le „ mien.

„ POUR expier une faute si pardonnable vous „ m'avez voulu rendre fourbe & menteur; vous „ m'avez voulu forcer à professer vos sentimens „ sans les aimer & sans y croire: comme si „ le transfuge de nos loix eût mérité de passer sous les vôtres, vous m'avez fait opter „ entre le parjure & la mort, & j'ai choisi,

„ car je ne veux pas vous tromper. Je meurs „ donc, puisqu'il le faut; mais je meurs digne „ de revivre & d'animer un autre homme juste. „ Je meurs martyr de ma Religion sans crain- „ dre d'entrer après ma mort dans la votre. „ Puisse-je renaître chez les Musulmans pour „ leur apprendre à devenir humains, clémens, „ équitables: car servant le même Dieu que nous „ servons; puisqu'il n'y en a pas deux, vous „ vous aveuglez dans votre zèle en tourmen- „ tant ses serviteurs, & vous n'êtes cruels & „ sanguinaires que parce que vous êtes incon- „ séquens.

„ Vous êtes des enfans, qui dans vos jeux „ ne savez que faire du mal aux hommes. Vous „ vous croyez savans, & vous ne savez rien „ de ce qui est de Dieu. Vos dogmes récens „ sont-ils convenables à celui qui est, & qui „ veut être adoré de tous les tems? Peuples „ nouveaux, comment osez-vous parler de Re- „ ligion devant nous? Nos rites sont aussi vieux „ que les astres: les premiers rayons du soleil „ ont éclairé & reçu les hommages de nos Pe- „ res. Le grand Zerdust a vu l'enfance du mon- „ de; il a prédit & marqué l'ordre de l'univers; „ & vous, hommes d'hier, vous voulez être „ nos prophêtes! Vingt siécles avant Mahomet, „ avant la naissance d'Ismaël & de son pere, „ les Mages étoient antiques. Nos livres sacrés „ étoient déja la Loi de l'Asie & du monde, „ & trois grands Empires avoient successive- „ ment achevé leur long cours sous nos an- „ cêtres, avant que les vôtres fussent sortis du „ néant.

„ Voyez, hommes prévenus, la différence „ qui est entre vous & nous. Vous vous dites „ croyans, & vous vivez en barbares. Vos ins- „ titutions, vos loix, vos cultes, vos vertus

„ mêmes

„ mêmes tourmentent l'homme & le dégradent.
„ Vous n'avez que de tristes devoirs à lui prescrire. Des jeûnes, des privations, des combats, des mutilations, des clôtures : vous ne savez lui faire un devoir que de ce qui peut l'affliger & le contraindre. Vous lui faites haïr la vie & les moyens de la conserver : vos femmes sont sans hommes, vos terres sont sans culture ; vous mangez les animaux & vous massacrez les humains ; vous aimez le sang, les meurtres ; tous vos établissemens choquent la nature, avilissent l'espece humaine ; &, sous le double joug du Despotisme & du fanatisme, vous l'écrasez de ses Rois & de ses Dieux.

„ POUR nous, nous sommes des hommes de paix, nous ne faisons ni ne voulons aucun mal à rien de ce qui respire, non pas même à nos Tyrans : nous leur cédons sans regret le fruit de nos peines, contens de leur être utiles & de remplir nos devoirs. Nos nombreux bestiaux couvrent vos pâturages ; les arbres plantés par nos mains vous donnent leurs fruits & leurs ombres ; vos terres que nous cultivons vous nourrissent par nos soins : un peuple simple & doux multiplie sous vos outrages, & tire pour vous la vie & l'abondance du sein de la mere commune où vous ne savez rien trouver. Le soleil que nous prenons à témoin de nos œuvres éclaire notre patience & vos injustices ; il ne se léve point sans nous trouver occupés à bien faire, & en se couchant il nous ramene au sein de nos familles nous préparer à de nouveaux travaux.

„ DIEU seul sait la vérité. Si malgré tout cela nous nous trompons dans notre culte, il est toujours peu croyable que nous soyons

„ condamnés à l'enfer, nous qui ne faiſons
„ que du bien ſur la terre, & que vous ſoyez
„ les élus de Dieu, vous qui n'y faites que
„ du mal. Quand nous ſerions dans l'erreur,
„ vous devriez la reſpecter pour votre avan-
„ tage. Notre piété vous engraiſſe, & la votre
„ vous conſume ; nous réparons le mal que
„ vous fait une Religion deſtructive. Croyez-
„ moi, laiſſez-nous un culte qui vous eſt uti-
„ le ; craignez qu'un jour nous n'adoptions le
„ vôtre : c'eſt le plus grand mal qui vous puiſſe
„ arriver ".

J'ai tâché, Monſeigneur, de vous faire entendre dans quel eſprit a été écrite la profeſſion de foi du Vicaire Savoyard, & les conſidérations qui m'ont porté à la publier. Je vous demande à préſent à quel égard vous pouvez qualifier ſa doctrine de blaſphématoire, d'impie, d'abominable, & ce que vous y trouvez de ſcandaleux & de pernicieux au genre humain ? J'en dis autant à ceux qui m'accuſent d'avoir dit ce qu'il falloit taire & d'avoir voulu troubler l'ordre public ; imputation vague & téméraire, avec laquelle ceux qui ont le moins réfléchi ſur ce qui eſt utile ou nuiſible, indiſpoſent d'un mot le public crédule contre un Auteur bien intentionné. Eſt-ce apprendre au peuple à ne rien croire que le rappeller à la véritable foi qu'il oublie ? Eſt-ce troubler l'ordre que renvoyer chacun aux loix de ſon pays ? Eſt-ce anéantir tous les cultes que borner chaque peuple au ſien ? Eſt-ce ôter celui qu'on a, que ne vouloir pas qu'on en change ? Eſt-ce ſe jouer de toute Religion, que reſpecter toutes les Religions ? Enfin eſt-il donc ſi eſſentiel à chacun de haïr les autres, que, cette haine ôtée, tout ſoit ôté ?

Voila pourtant ce qu'on perſuade au Peuple

quand on veut lui faire prendre son défenseur en haine, & qu'on a la force en main. Maintenant, hommes cruels, vos décrets, vos buchers, vos mandemens, vos journaux le troublent & l'abusent sur mon compte. Il me croit un monstre sur la foi de vos clameurs; mais vos clameurs cesseront enfin; mes écrits resteront malgré vous pour votre honte. Les Chrétiens, moins prévenus y chercheront avec surprise les horreurs que vous prétendez y trouver; il n'y verront, avec la morale de leur divin maître, que des leçons de paix, de concorde & de charité. Puissent-ils y apprendre à être plus justes que leurs Peres! Puissent les vertus qu'ils y auront prises me venger un jour de vos malédictions!

A L'ÉGARD des objections sur les sectes particulieres dans lesquelles l'univers est divisé, que ne puis-je leur donner assez de force pour rendre chacun moins entêté de la sienne & moins ennemi des autres; pour porter chaque homme à l'indulgence, à la douceur, par cette considération si frappante & si naturelle; que, s'il fût né dans un autre pays, dans une autre secte, il prendroit infailliblement pour l'erreur ce qu'il prend pour la vérité, & pour la vérité ce qu'il prend pour l'erreur! Il importe tant aux hommes de tenir moins aux opinions qui les divisent qu'à celles qui les unissent! Et au contraire, négligent ce qu'ils ont de commun, ils s'acharnent aux sentimens particuliers avec une espece derage; ils tiennent d'autant plus à ces sentimens qu'ils semblent moins raisonnables, & chacun voudroit suppléer à force de confiance à l'autorité que la raison refuse à son parti. Ainsi, d'accord au fond sur tout ce qui nous intéresse, & dont on ne tient aucun compte, on passe la vie à disputer, à chicaner, à tourmenter, à persécuter, à se battre, pour les choses qu'on entend le moins, & qu'il est le moins nécessaire d'entendre. On entasse en vain décisions sur décisions; on plâtre en vain leurs contradictions d'un jargon inintelligible; on trouve chaque jour de nouvelles questions à résoudre, chaque jour de nouveaux sujets de querelles; parce que chaque doctrine a des branches infinies, & que chacun, entêté de sa petite idée, croit essentiel ce qui ne l'est point, & néglige l'essentiel véritable. Que si on leur propose des objections qu'ils ne peuvent résoudre, ce qui, vû l'échafaudage de leurs doctrines, devient plus facile de jour en jour, ils se dépitent comme des enfans, & parce qu'ils sont plus attachés à leur parti qu'à la vérité, & qu'ils ont plus d'orgueil que de bonne foi, c'est sur ce qu'ils peuvent le moins prouver qu'ils pardonnent le moins quelque doute.

Ma propre histoire caractérise mieux qu'aucune autre le jugement qu'on doit porter des Chrétiens d'aujourd'hui : mais, comme elle en dit trop pour être crue, peut-être un jour fera-t-elle porter un jugement tout contraire; un jour peut-être, ce qui fait aujourd'hui l'opprobre de mes contemporains fera leur gloire, & les simples qui liront mon Livre diront avec admiration : Quels tems angéliques ce devroient être que ceux où un tel livre a été brûlé comme impie, & son auteur poursuivi comme un malfaiteur ? sans doute alors tous les Ecrits respiroient la dévotion la plus sublime, & la terre étoit couverte de saints !

Mais d'autres Livres demeureront. On saura, par exemple, que ce même siécle a produit un panégyriste de la Saint Barthélemi, François, &, comme on peut bien croire, homme d'Eglise, sans que ni Parlement ni Prélat ait songé même à lui chercher querelle. Alors, en comparant la morale des deux Livres & le tort des deux Auteurs, on pourra changer de langage, & tirer une autre conclusion.

Les doctrines abominables sont celles qui mènent au crime, au meurtre, & qui font des fanatiques. Eh! qu'y a-t-il de plus abominable au monde que de mettre l'injustice & la violence en Systême, & de les faire découler de la clémence de Dieu? Je m'abstiendrai d'entrer ici dans un parallele qui pourroit vous déplaire. Convenez seulement, Monseigneur, que si la France eût professé la Religion du Prêtre Savoyard, cette Religion si simple & si pure, qui fait craindre Dieu & aimer les hommes, des fleuves de sang n'eussent point si souvent inondé les champs François; ce peuple si doux & si gai n'eût point étonné les autres de ses cruautés dans tant de persécutions & de massacres, depuis l'Inquisition de Toulouse (38), jusqu'à la Saint Barthélemi, & depuis les guerres des Albigeois jusqu'aux Dragonades; le Conseiller Anne du Bourg n'eût point été pendu pour avoir opiné à la douceur envers les Réformés; les habitans de

(38) Il est vrai que Dominique, saint Espagnol, y eut grand part. Le Saint, selon un écrivain de son ordre, eut la charité, prêchant contre les Albigeois, de s'adjoindre de dévotes personnes, zélées pour la foi, lesquelles prissent le soin d'extirper corporellement & par le glaive matériel les hérétiques qu'il n'auroit pu vaincre avec le glaive de la parole de Dieu. *Ob caritatem, prædicans contra Albienses, in adjutorium sumpsit quasdam devotas personas, zelantes pro fide, quæ corporaliter illos Hæreticos gladio materiali expugnarent, quos ipse gladio verbi Dei imputare non posset.* Antonin. in Chron. P. III. tit. 23. c. 14. §. 2. Cette charité ne ressemble guere à celle du Vicaire; aussi a-t-elle un prix bien différent. L'une fait décréter & l'autre canoniser ceux qui la professent.

Merindol & de Cabrieres n'eussent point été mis à mort par arrêt du Parlement d'Aix, & sous nos yeux l'innocent Calas torturé par les bourreaux n'eût point péri sur la roue. Revenons, à présent, Monseigneur, à vos censures & aux raisons sur lesquelles vous les fondez.

Ce sont toujours des hommes, dit le Vicaire, qui nous attestent la parole de Dieu, & qui nous l'attestent en des langues qui nous sont inconnues. Souvent, au contraire; nous aurions grand besoin que Dieu nous attestât la parole des hommes; il est bien sûr, au moins, qu'il eût pu nous donner la sienne, sans se servir d'organes si suspects. Le Vicaire se plaint qu'il faille tant de témoignages humains pour certifier la parole divine: *que d'hommes*, dit-il, *entre Dieu & moi* (39)!

Vous répondez. *Pour que cette plainte fût sensée, M. T. C. F., il faudroit pouvoir conclure que la Révélation est fausse dès qu'elle n'a point été faite à chaque homme en particulier; il faudroit pouvoir dire: Dieu ne peut exiger de moi que je croye ce qu'on m'assure qu'il a dit, dès que ce n'est pas directement à moi qu'il a adressé sa parole* (40).

Et tout au contraire, cette plainte n'est sensée qu'en admettant la vérité de la Révélation. Car si vous la supposez fausse, quelle plainte avez-vous à faire du moyen dont Dieu s'est servi, puisqu'il ne s'en est servi d'aucun? Vous doit-il compte des tromperies d'un imposteur? Quand vous vous laissez dupper, c'est votre faute & non pas la sienne. Mais lorsque Dieu, maître du choix de ses moyens, en choisit par préférence qui exigent de notre part tant de sa-

(39) Emile Tom. III. p. 141.
(40) *Mandement* in 4°. p. 12. in-12. p. XXI.

voir & de si profondes discussions, le Vicaire a-t-il tort de dire : „ Voyons toutefois ; examinons, comparons, vérifions. O si Dieu eût „ daigné me dispenser de tout ce travail, l'en „ aurois-je servi de moins bon cœur ? (41) "

MONSEIGNEUR, votre mineure est admirable. Il faut la transcrire ici toute entiere ; j'aime à rapporter vos propres termes ; c'est ma plus grande méchanceté.

Mais n'est-il donc pas une infinité de faits, même antérieurs à celui de la Révélation Chrétienne, dont il seroit absurde de douter ? Par quelle autre voye que celle des témoignages humains, l'Auteur lui-même a-t-il donc connu cette Sparte, cette Athéne, cette Rome dont il vante si souvent & avec tant d'assurance les loix, les mœurs, & les héros ? Que d'hommes entre lui & les Historiens qui ont conservé la mémoire de ces événemens !

SI LA matiere étoit moins grave & que j'eusse moins de respect pour vous, cette maniere de raisonner me fourniroit peut-être l'occasion d'égayer un peu mes lecteurs ; mais à Dieu ne plaise que j'oublie le ton qui convient au sujet que je traite, & à l'homme à qui je parle. Au risque d'être plat dans ma réponse, il me suffit de montrer que vous vous trompez.

CONSIDEREZ donc, de grace, qu'il est tout-à-fait dans l'ordre que des faits humains soient attestés par des témoignages humains. Ils ne peuvent l'être par nulle autre voye ; je ne puis savoir que Sparte & Rome ont existé, que parce que des Auteurs contemporains me le disent, & entre moi & un autre homme qui a vécu loin de moi, il faut nécessairement des

(41) Emile. ubi sup.

intermédiaires ; mais pourquoi en faut-il entre Dieu & moi, & pourquoi en faut-il de si éloignés, qui en ont besoin de tant d'autres? Est-il simple, est-il naturel que Dieu ait été chercher Moïse pour parler à Jean-Jacques Rousseau ?

D'AILLEURS nul n'est obligé sous peine de damnation de croire que Sparte ait existé ; nul pour en avoir douté ne sera dévoré des flammes éternelles. Tout fait dont nous ne sommes pas les témoins, n'est établi pour nous que sur des preuves morales, & toute preuve morale est susceptible de plus & de moins. Croirai-je que la justice divine me précipite à jamais dans l'enfer, uniquement pour n'avoir pas su marquer bien exactement le point où une telle preuve devient invincible ?

S'IL y a dans le monde une histoire attestée, c'est celle des Wampirs. Rien n'y manque ; procès verbaux, certificats de Notables, de Chirurgiens, de Curés, de Magistrats. La preuve juridique est des plus complettes. Avec cela, qui est-ce qui croit aux Wampirs? Serons-nous tous damnés pour n'y avoir pas cru ?

QUELQUE attestés que soient, au gré même de l'incrédule Ciceron, plusieurs des prodiges rapportés par Tite-Live, je les regarde comme autant de fables, & sûrement je ne suis pas le seul. Mon expérience constante & celle de tous les hommes est plus forte en ceci que le témoignage de quelques-uns. Si Sparte & Rome ont été des prodiges elles-mêmes, c'étoient des prodiges dans le genre moral ; & comme on s'abuseroit en Laponie de fixer à quatre pieds la stature naturelle de l'homme, on ne s'abuseroit pas moins parmi nous de fixer la mesure des ames humaines sur celle des gens que l'on voit autour de soi.

Vous vous souviendrez, s'il vous plaît, que je continue ici d'examiner vos raisonnemens en eux-mêmes, sans soutenir ceux que vous attaquez. Après ce mémoratif nécessaire, je me permettrai sur votre maniere d'argumenter encore une supposition.

UN HABITANT de la rue Saint Jacques vient tenir ce discours à Monsieur l'Archevêque de Paris. " Monseigneur, je sais que vous ne croyez „ ni à la béatitude de Saint Jean de Paris, „ ni aux miracles qu'il a plu à Dieu d'opérer „ en public sur sa tombe, à la vue de la Vil- „ le du monde la plus éclairée & la plus nom- „ breuse. Mais je crois devoir vous attester que „ je viens de voir ressusciter le Saint en per- „ sonne dans le lieu où ses os ont été dé- „ posés. „

L'HOMME de la rue Saint Jacques ajoûte à cela le détail de toutes les circonstances qui peuvent frapper le spectateur d'un pareil fait. Je suis persuadé qu'à l'ouie de cette nouvelle, avant de vous expliquer sur la foi que vous y ajoûtez, vous commencerez par interroger celui qui l'atteste, sur son état, sur ses sentimens, sur son Confesseur, sur d'autres articles semblables; & lorsqu'à son air comme à ses discours vous aurez compris que c'est un pauvre Ouvrier, & que, n'ayant point à vous montrer de billet de confession, il vous confirmera dans l'opinion qu'il est Janséniste; „ Ah ah! " lui direz-vous d'un air railleur; „ vous êtes convulsionnaire, & vous „ avez vu ressusciter Saint Pâris? Cela n'est pas „ fort étonnant; vous avez tant vu d'autres mer- „ veilles! "

TOUJOURS dans ma supposition, sans doute il insistera: il vous dira qu'il n'a point vu seul le miracle; qu'il avoit deux ou trois personnes avec lui qui ont vu la même chose, & que d'autres à qui il l'a voulu raconter disent l'avoir aussi vu eux-mêmes. Là-dessus vous demanderez si tous ces témoins étoient Jansénistes? „ Oui, „ Monseigneur, " dira-t-il; „ mais n'importe; „ ils sont en nombre suffisant, gens de bonnes „ mœurs, de bon sens, & non récusables; la „ preuve est complette, & rien ne manque à „ notre déclaration pour constater la vérité du „ fait. "

D'autres Evêques moins charitables enverroient chercher un Commissaire & lui consigneroient le bon homme honoré de la vision glorieuse, pour en aller rendre grace à Dieu aux petites-maisons. Pour vous, Monseigneur, plus humain, mais non plus crédule, après une grave réprimande vous vous contenterez de lui dire: " Je sais que deux ou trois témoins, hon„ nêtes gens & de bon sens, peuvent attester „ la vie ou la mort d'un homme; mais je ne sais „ pas encore combien il en faut pour constater la „ résurrection d'un Janséniste. En attendant que „ je l'apprenne, allez, mon enfant, tâcher de „ fortifier votre cerveau creux. Je vous dispense „ du jeûne, & voilà de quoi vous faire de bon „ bouillon. „

C'est à peu près, Monseigneur, ce que vous diriez, & ce que diroit tout autre homme sage à votre place. D'où je conclus que, même selon vous, & selon tout autre homme sage, les preuves morales suffisantes pour constater les faits qui sont dans l'ordre des possibilités morales, ne suffisent plus pour constater des faits d'un autre ordre, & purement surnaturels: sur quoi je vous laisse juger vous-même de la justesse de votre comparaison.

Voici pourtant la conclusion triomphante que vous en tirez contre moi. *Son scepticisme n'est donc ici fondé que sur l'intérêt de son incrédulité* té (42). Monseigneur, si jamais elle me procure un Evêché de cent mille Livres de rentes, vous pourrez parler de l'intérêt de mon incrédulité.

CONTINUONS maintenant à vous transcrire, en prenant seulement la liberté de restituer au besoin les passages de mon Livre que vous tronquez.

„ QU'UN homme, *ajoûte-t-il plus loin*, vienne „ nous tenir ce langage : Mortels, je vous an- „ nonce les volontés du Très-Haut ; reconnois- „ sez à ma voix celui qui m'envoye. J'ordonne „ au soleil de changer son cours, aux étoiles „ de former un autre arrangement, aux mon- „ tagnes de s'applanir, aux flots de s'élever, „ à la terre de prendre un autre aspect : à ces „ merveilles qui ne reconnoîtra pas à l'instant „ le maître de la nature ? " *Qui ne croiroit, M. T. C. F., que celui qui s'exprime de la sorte ne demande qu'à voir des miracles pour être Chrétien ?*

BIEN plus que cela, Monseigneur ; puisque je n'ai pas même besoin des miracles pour être Chrétien.

Ecoutez, toutefois, ce qu'il ajoûte : " Reste „ enfin, dit-il, l'examen le plus important dans „ la doctrine annoncée ; car puisque ceux qui „ disent que Dieu fait ici-bas des miracles, pré- „ tendent que le Diable les imite quelquefois, „ avec les prodiges les mieux constatés nous ne „ sommes pas plus avancés qu'auparavant, & „ puisque les Magiciens de Pharaon osoient, en „ présence même de Moïse, faire les mêmes „ signes qu'il faisoit par l'ordre exprès de Dieu, „ pourquoi dans son absence n'eussent-ils pas,

(42) *Mandement* in-4°. pag. 12. in 12. p. XXII.

„ aux mêmes titres, prétendu la même autori-
„ té? Ainsi donc, après avoir prouvés la doc-
„ trine par le miracle, il faut prouver le mi-
„ racle par la doctrine, de peur de prendre l'œu-
„ vre du Démon pour l'œuvre de Dieu (43).
„ Que faire en pareil cas pour éviter le dialèle?
„ Une seule chose; revenir au raisonnement, &
„ laisser-là les miracles. Mieux eût valu n'y pas
„ recourir. „

C'est dire ; qu'on me montre des miracles, & je croirai. Oui, Monseigneur, c'est dire ; qu'on me montre des miracles & je croirai aux miracles. *C'est dire ; qu'on me montre des miracles, & je refuserai encore de croire.* Oui, Monseigneur, c'est dire, selon le précepte même de Moïse (44) ; qu'on me montre des miracles, & je refuserai encore de croire une doctrine absurde & déraisonnable qu'on voudroit étayer par eux. Je croirois plutôt à la magie que de reconnoître la voix de Dieu dans des leçons contre la raison.

J'ai dit que c'étoit-là du bon sens le plus simple, qu'on n'obscurciroit qu'avec des distinctions tout au moins très-subtiles : c'est encore une de mes prédictions ; en voici l'accomplissement.

Quand une doctrine est reconnue vraye, divine, fondée sur une Révélation certaine, on s'en sert pour juger des miracles, c'est-à-dire, pour rejetter les prétendus prodiges que des imposteurs voudroient opposer à cette doctrine. Quand il s'agit d'une doctrine nouvelle qu'on annonce comme émanée

(43 Je suis forcé de confondre ici la note avec le texte, à l'imitation de M de Beaumont. Le Lecteur pourra consulter l'un & l'autre dans le Livre même T. III. pag. 145 *& suiv.*

(44) Deutéron. c. XIII.

du sein de Dieu, les miracles sont produits en preuves; c'est-à-dire, que celui qui prend la qualité d'Envoyé du Très-Haut, confirme sa Mission, sa prédication par des miracles qui sont le témoignage même de la divinité. Ainsi la doctrine & les miracles sont des argumens respectifs dont on fait usage, selon les divers points de vue où l'on se place dans l'étude & dans l'enseignement de la Religion. Il ne se trouve là, ni abus du raisonnement, ni sophisme ridicule, ni cercle vicieux (45).

Le Lecteur en jugera. Pour moi je n'ajoûterai pas un seul mot. J'ai quelquefois répondu ci-devant avec mes passages; mais c'est avec le votre que je veux vous répondre ici.

Où est donc: M. T. C. F., la bonne foi philosophique dont se pare cet Ecrivain?

Monseigneur, je ne me suis jamais piqué d'une bonne-foi philosophique; car je n'en connois pas de telle. Je n'ose même plus trop parler de la bonne-foi Chrétienne, depuis que les soi-disans Chrétiens de nos jours trouvent si mauvais qu'on ne supprime pas les objections qui les embarrassent. Mais pour la bonne-foi pure & simple, je demande laquelle de la mienne ou de la vôtre est la plus facile à trouver ici?

Plus j'avance, plus les points à traiter deviennent intéressans. Il faut donc continuer à vous transcrire. Je voudrois dans des discussions de cette importance ne pas omettre un de vos mots.

On croiroit qu'après les plus grands efforts pour décréditer les témoignages humains qui attestent la révélation Chrétienne, le même Auteur y défere cependant de la maniere la plus positive, la plus solemnelle.

(45) *Mandement* in-4°. p. 13. in-12. p. xxiii.

On auroit raison, sans doute, puisque je tiens pour révélée toute doctrine où je reconnois l'esprit de Dieu. Il faut seulement ôter l'amphibologie de votre phrase; car si le verbe rélatif *y défere* se rapporte à la Révélation Chrétienne, vous avez raison; mais s'il se rapporte aux témoignages humains, vous avez tort. Quoiqu'il en soit, je prends acte de votre témoignage contre ceux qui osent dire que je rejette toute révélation; comme si c'étoit rejetter une doctrine que de la reconnoître sujette à des difficultés insolubles à l'esprit humain; comme si c'étoit la rejetter que ne pas l'admettre sur le témoignage des hommes, lorsqu'on a d'autres preuve équivalente ou supérieures qui dispensent de celle-là? Il est vrai que vous dites conditionnellement *on croiroit*; mais *on croiroit* signifie *on croit*, lorsque la raison d'exception pour ne pas croire se réduit à rien, comme on verra ci-après de la vôtre. Commençons par la preuve affirmative.

Il faut pour vous en convaincre, M. T. C. F. & en même tems pour vous édifier, mettre sous vos yeux cet endroit de son ouvrage. „ J'avoue que la „ majesté des Ecritures m'étonne; la sainteté „ de l'Evangile (46) parle à mon cœur. Voyez les Livres des Philosophes, avec toute „ leur pompe; qu'ils sont petits près de celui-„ là! Se peut-il qu'un Livre à la fois si subli-„ me & si simple soit l'ouvrage des hommes?

(46) La négligence avec laquelle M. de Beaumont me transcrit lui a fait faire ici deux changemens dans une ligne. Il a mis, *la majesté de l'Ecriture* au lieu de, *la majesté des Ecritures*: & il a mis, *la sainteté de l'Ecriture* au lieu de, *la sainteté de l'Evangile*. Ce n'est pas, à la vérité, me faire dire des héréfies; mais c'est me faire parler bien niaisemens.

„ Se peut-il que celui dont-il fait l'histoire ne „ soit qu'un homme lui-même ? Est-ce là le ton „ d'un enthousiaste ou d'un ambitieux sectaire ? „ Quelle douceur, quelle pureté dans ses „ mœurs ! Quelle grace touchante dans ses ins„ tructions ! quelle élévation dans ses maxi„ mes ! quelle profonde sagesse dans ses dis„ cours ! quelle présence d'esprit, quelle finesse „ & quelle justesse dans ses réponses ! quel em„ pire sur ses passions ! Où est l'homme, où „ est le sage qui sait agir, souffrir & mourir „ sans foiblesse & sans ostentation (47) ? Quand „ Platon peint son Juste imaginaire couvert de „ tout l'opprobre du crime, & digne de tous „ les prix de la vertu, il peint trait pour trait „ Jésus-Christ : la ressemblance est si frappante „ que tous les Peres l'ont sentie, & qu'il n'est „ pas possible de s'y tromper. Quels préjugés, „ quel aveuglement ne faut-il point avoir pour „ oser comparer le fils de Sophronisque au fils „ de Marie ? Quelle distance de l'un à l'autre ! » Socrate mourant sans douleur, sans ignomi„ nie, soutint aisément jusqu'au bout son per„ sonnage, & si cette facile mort n'eût honoré » sa vie, on douteroit si Socrate, avec tout » son esprit, fut autre chose qu'un Sophiste. » Il invita, dit-on, la morale. D'autres avant » lui l'avoient mise en pratique ; il ne fit que

(47) Je remplis, selon ma coutume, les lacunes faites par M. de Beaumont ; non qu'absolument celles qu'il fait ici soient insidieuses, comme en d'autres endroits ; mais parce que le défaut de suite & de liaison affoiblit le passage quand il est tronqué ; & aussi parce que mes persécuteurs supprimant avec soin tout ce que j'ai dit de si bon cœur en faveur de la Religion, il est bon de le rétablir à mesure que l'occasion s'en trouve.

» dire ce qu'ils avoient fait, il ne fit que mettre en leçons leurs exemples. Ariſtide avoit été juſte avant que Socrate eût dit ce que c'étoit que juſtice ; Léonidas étoit mort pour ſon pays avant que Socrate eût fait un devoir d'aimer la patrie ; Sparte étoit ſobre avant que Socrate eût loué la ſobriété : avant qu'il eût défini la vertu, Sparte abondoit en hommes vertueux. Mais où Jeſus avoit-il pris parmi les ſiens cette morale élevée & pure, dont lui ſeul a donné les leçons & l'exemple ? Du ſein du plus furieux fanatiſme la plus haute ſageſſe ſe fit entendre, & la ſimplicité des plus héroïques vertus honora le plus vil de tous les peuples. La mort de Socrate philoſophant tranquillement avec ſes amis eſt la plus douce qu'on puiſſe déſirer ; celle de Jéſus expirant dans les tourmens, injurié, raillé, maudit de tout un peuple, eſt la plus horrible qu'on puiſſe craindre. Socrate prenant la coupe empoiſonnée benit celui qui la lui préſente & qui pleure. Jéſus, au milieu d'un ſupplice affreux, prie pour ſes bourreaux acharnés. Oui, ſi la vie & la mort de Socrate ſont d'un Sage, la vie & la mort de Jéſus ſont d'un Dieu. Dirons-nous que l'hiſtoire de l'Evangile eſt inventée à plaiſir ? Non, ce n'eſt pas ainſi qu'on invente, & les faits de Socrate dont perſonne ne doute ſont moins atteſtés que ceux de Jéſus-Chriſt. Au fond c'eſt reculer la difficulté ſans la détruire. Il ſeroit plus inconcevable que pluſieurs hommes d'accord euſſent fabriqué ce Livre qu'il ne l'eſt qu'un ſeul en ait fourni le ſujet. Jamais des Auteurs Juifs n'euſſent trouvé ni ce ton ni cette morale, & l'Evangile a des caracteres de vérité ſi grands, ſi frappans, ſi parfaitement inimita-

„ bles que l'inventeur en ſeroit plus étonnant „ que le Héros (48). „

(49) *Il ſeroit difficile, M. T. C. F., de rendre un plus bel hommage à l'authenticité de l'Evangile.* Je vous ſais gré, Monſeigneur, de cet aveu ; c'eſt une injuſtice que vous avez de moins que les autres. Venons maintenant à la preuve négative qui vous fait dire *on croiroit*, au lieu d'*on croit.*

Cependant l'Auteur ne la croit qu'en conſéquence des témoignages humains. Vous vous trompez, Monſeigneur ; je la reconnois en conſéquence de l'Evangile & de la ſublimité que j'y vois, ſans qu'on me l'atteſte. Je n'ai pas beſoin qu'on m'affirme qu'il y a un Evangile lorſque je le tiens. *Ce ſont toujours des hommes qui lui rapportent ce que d'autres hommes ont rapporté.* Et point du tout ; on ne me rapporte point que l'Evangile exiſte ; je le vois de mes propres yeux, & quand tout l'Univers me ſoutiendroit qu'il n'exiſte pas, je ſaurois très-bien que tout l'univers ment, ou ſe trompe. *Que d'hommes entre Dieu & lui !* Pas un ſeul. L'Evangile eſt la piece qui décide, & cette piece eſt entre mes mains. De quelque maniere qu'elle y ſoit venue, & quelque Auteur qui l'ait écrite, j'y reconnois l'eſprit divin : cela eſt immédiat autant qu'il peut l'être ; il n'y a point d'hommes entre cette preuve & moi ; & dans le ſens où il y en auroit, l'hiſtorique de ce Saint Livre, de ſes auteurs, du tems où il a été compoſé, &c. rentre dans les diſcuſſions de critique où la preuve morale eſt admiſe. Telle eſt la réponſe du Vicaire Savoyard.

---

(48) Emile T. III. pag. 179 & *ſuiv.*

(49) *Mandement* in-4°. pag. 14. in-12. p. xxv.

Le voila donc bien évidemment en contradiction avec lui-même ; le voila confondu par ses propres aveux. Je vous laisse jouir de toute ma confusion. *Par quel étrange aveuglement a-t-il donc pu ajoûter ?* ,, Avec tout cela ce même Evangile est ,, plein de choses incroyables, de choses qui ,, répugnent à la raison, & qu'il est impossible ,, à tout homme sensé de concevoir ni d'admet- ,, tre. Que faire au milieu de toutes ces con- ,, tradictions ? Etre toujours modeste & circons- ,, pect ; respecter en silence (50) ce qu'on ne ,, sauroit ni rejetter ni comprendre, & s'hu- ,, milier devant le grand Etre qui seul sait la ,, vérité. Voilà le scepticisme involontaire où ,, je suis resté, ,, *Mais le scepticisme, M. T. C. F. peut-il donc être involontaire, lorsqu'on refuse de se soumettre à la doctrine d'un Livre qui ne sauroit être inventé par les hommes ? Lorsque ce Livre*

(50) Pour que les hommes s'imposent ce respect & ce silence, il faut que quelqu'un leur dise une fois les raisons d'en user ainsi. Celui qui connoît ces raisons peut les dire, mais ceux qui censurent & n'en disent point, pourroient se taire. Parler au public avec franchise, avec fermeté, est un droit commun à tous les hommes, & même un devoir en toute chose utile : mais il n'est gueres permis à un particulier d'en censurer publiquement un autre : c'est s'attribuer une trop grande supériorité de vertus, de talens, de lumieres. Voila pourquoi je ne me suis jamais ingéré de critiquer ni réprimander personne. J'ai dit à mon siécle des vérités dures, mais je n'en ai dit à aucun particulier, & s'il m'est arrivé d'attaquer & nommer quelques livres, je n'ai jamais parlé des Auteurs vivans qu'avec toute sorte de bienséance & d'égards. On voit comment ils me les rendent. Il me semble que tous ces Messieurs qui se mettent si fiérement en avant pour m'enseigner l'humilité, trouvent la leçon meilleure à donner qu'à suivre.

porte des caracteres de vérité si grands, si frappans, si parfaitement inimitables, que l'inventeur en seroit plus étonnant que le Héros? C'est bien ici qu'on peut dire que l'iniquité a menti contre elle-même. (51)

MONSEIGNEUR, vous me taxez d'iniquité sans sujet; Vous m'imputez souvent des mensonges & vous n'en montrez aucun. Je m'impose avec vous une maxime contraire, & j'ai quelquefois lieu d'en user.

LE SCEPTICISME du Vicaire est involontaire par la raison même qui vous fait nier qu'il le soit. Sur les foibles autorités qu'on veut donner à l'Evangile il le rejetteroit par les raisons déduites auparavant, si l'esprit divin qui brille dans la morale & dans la doctrine de ce Livre ne lui rendoit toute la force qui manque au témoignage des hommes sur un tel point. Il admet donc ce Livre Sacré avec toutes les choses admirables qu'il renferme & que l'esprit humain peut entendre; mais quant aux choses incroyables qu'il y trouve, *lesquelles répugnent à sa raison, & qu'il est impossible à tout homme sensé de concevoir ni d'admettre*, il les *respecte en silence sans les comprendre ni les rejetter, & s'humilie devant le grand Etre qui seul sait la vérité.* Tel est son scepticisme; & ce scepticisme est bien involontaire, puisqu'il est fondé sur des preuves invincibles de part & d'autre, qui forcent la raison de rester en suspens. Ce scepticisme est celui de tout Chrétien raisonnable & de bonne foi qui ne veut savoir des choses du Ciel que celles qu'il peut comprendre, celles qui importent à sa conduite, & qui rejette avec l'Apôtre *les questions peu sensées, qui sont sans instruction, & qui n'engendrent que des combats.* (52)

(51) *Mandement* in-4°. p. 14. in-12. p. XXVI.
(52) Timoth. C. II. v. 23.

D'ABORD vous me faites rejetter la révélation pour m'en tenir à la Religion naturelle, & premierement, je n'ai point rejetté la Révélation. Ensuite vous m'accusez *de ne pas admettre même la Religion naturelle, ou du moins de n'en pas reconnoître la nécessité*; & votre unique preuve est dans le passage suivant que vous rapportez. „ Si je me trompe, c'est de bonne foi. Cela „ suffit (53) pour que mon erreur ne me soit „ pas imputée à crime; quand vous vous tromperiez de même, il y auroit peu de mal à cela. „ *C'est-à-dire*, continuez-vous, *que selon lui il suffit de se persuader qu'on est en possession de la vérité; que cette persuasion, fût-elle accompagnée des plus monstrueuses erreurs, ne peut jamais être un sujet de reproche; qu'on doit toujours regarder comme un homme sage & religieux, celui qui, adoptant les erreurs mêmes de l'Athéisme, dira qu'il est de bonne foi. Or n'est-ce pas là ouvrir la porte à toutes les superstitions, à tons les sistêmes fanatiques, à tous les délires de l'esprit humain?* (54)

POUR vous, Monseigneur, vous ne pourrez pas dire ici comme le Vicaire; *Si je me trompe, c'est de bonne foi*: car c'est bien évidemment à dessein qu'il vous plait de prendre le change & de le donner à vos Lecteurs; c'est ce que je m'engage à prouver sans replique, & je m'y engage ainsi d'avance, afin que vous y regardiez de plus près.

LA PROFESSION du Vicaire Savoyard est composée de deux partie. La premiere, qui est la plus grande, la plus importante, la plus remplie de vérités frapantes & neuves est destinée à combattre le moderne matérialisme, à établir

(53) Emile Tome III. p. 21. M. de Beaumont a mis; *cela me suffit*.

(54) *Mandement* in-4°. p. 15. in-12. p. XXVII.

l'existence de Dieu & la Religion naturelle avec toute la force dont l'Auteur est capable. De celle-là, ni vous ni les Prêtres n'en parlez point; parce qu'elle vous est fort indifférente, & qu'au fond la cause de Dieu ne vous touche gueres, pourvû que celle du Clergé soit en sûreté.

La seconde, beaucoup plus courte, moins réguliere, moins approfondie, propose des doutes & des difficultés sur les révélations en général, donnant pourtant à la notre sa véritable certitude dans la pureté, la sainteté de sa doctrine, & dans la sublimité toute divine de celui qui en fut l'Auteur. L'objet de cette seconde partie est de rendre chacun plus réservé dans sa Religion à taxer les autres de mauvaise foi dans la leur, & de montrer que les preuves de chacune ne sont pas tellement démonstratives à tous les yeux qu'il faille traiter en coupables ceux qui n'y voyent pas la même clarté que nous. Cette seconde partie écrite avec toute la modestie, avec tout le respect convenables, est la seule qui ait attiré votre attention & celle des Magistrats. Vous n'avez eu que des buchers & des injures pour réfuter mes raisonnemens. Vous avez vû le mal dans le doute de ce qui est douteux; vous n'avez point vû le bien dans la preuve de ce qui est vrai.

En effet, cette premiere partie, qui contient ce qui est vraiment essentiel à la Religion, est décisive & dogmatique. L'Auteur ne balance pas, n'hésite pas. Sa conscience & sa raison le déterminent d'une maniere invincible. Il croit, il affirme: il est fortement persuadé.

Il commence l'autre au contraire par déclarer que *l'examen qui lui reste à faire est bien différent; qu'il n'y voit qu'embarras, mistere, obscurité; qu'il n'y porte qu'incertitude & défiance; qu'il n'y faut donner à ses discours que l'autorité de la raison ; qu'il ignore lui même s'il est dans l'erreur, & que toutes ses affirmations ne sont ici que des raisons de douter.* (55) Il propose donc ses objections, ses difficultés, ses doutes. Il propose aussi ses grandes & fortes raisons de croire ; & de toute cette discussion résulte la certitude des dogmes essentiels & un scepticisme respectueux sur les autres. A la fin de cette seconde partie il insiste de nouveau sur la circonspection nécessaire en l'écoutant. *Si j'étois plus sûr de moi, j'aurois,* dit-il, *pris un ton dogmatique & décisif ; mais je suis homme, ignorant, sujet à l'erreur : que pouvois je faire ? Je vous ai ouvert mon cœur sans réserve ; ce que je tiens pour sûr, je vous l'ai donné pour tel : je vous ai donné mes doutes pour des doutes, mes opinions pour des opinions, je vous ai dit mes raisons de douter & de croire. Maintenant c'est à vous de juger* (56).

Lors donc que dans le même écrit l'auteur dit ; *Si je me trompe, c'est de bonne foi ; cela suffit pour que mon erreur ne me soit pas imputée à crime ;* je demande à tout lecteur qui a le sens-commun & quelque sincérité, si c'est sur la premiere ou sur la seconde partie que peut tomber ce soupçon d'être dans l'erreur ? sur celle où l'auteur affirme ou sur celle où il balance ? Si ce soupçon marque la crainte de croire en Dieu mal-à-propos, ou celle d'avoir à tort des doutes sur la Révélation ? Vous avez pris le premier parti contre toute raison, & dans le seul désir de me rendre criminel ; je vous défie d'en donner aucun autre motif. Monseigneur, où sont, je ne dis pas l'équité, la charité Chrétienne, mais le bon sens & l'humanité ?

Quand vous auriez pu vous tromper sur l'ob-

(55) Emile Tom. III. p. 131.
(56) Ibid. p. 192.

jet de la crainte du Vicaire, le texte seul que vous rapportez vous eût désabusé malgré vous. Car lorsqu'il dit; *cela suffit pour que mon erreur ne me soit pas imputée à crime*, il reconnoit qu'une pareille erreur pourroit être un crime, & que ce crime lui pourroit être imputé, s'il ne procédoit pas de bonne foi : Mais quand il n'y auroit point de Dieu, où seroit le crime de croire qu'il y en a un? Et quand ce seroit un crime, qui est-ce qui le pourroit imputer? La crainte d'être dans l'erreur ne peut donc ici tomber sur la Religion naturelle, & le discours du Vicaire seroit un vrai galimathias dans le sens que vous lui prêtez. Il est donc impossible de déduire du passage que vous rapportez, que *je n'admets pas la Religion naturelle* ou que *je n'en reconnois pas la nécessité*; il est encore impossible d'en déduire *qu'on doive toujours*, ce sont vos termes, *regarder comme un homme sage & religieux celui qui, adoptant les erreurs de l'Athéisme, dira qu'il est de bonne foi*; & il est même impossible que vous ayez cru cette déduction légitime. Si cela n'est pas démontré, rien ne sauroit jamais l'être, ou il faut que je sois un insensé.

POUR montrer qu'on ne peut s'autoriser d'une mission divine pour débiter des absurdités, le Vicaire met aux prises un Inspiré, qu'il vous plait d'appeller chrétien, & un raisonneur, qu'il vous plait d'appeller incrédule, & il les fait disputer chacun dans leur langage, qu'il désaprouve, & qui très-sûrement n'est ni le sien ni le mien. (57) Là-dessus vous me taxez d'*une insigne mauvaise foi*, (58) & vous prouvez cela par l'ineptie des discours du premier. Mais si ces

(57) Emile Tom. III. p. 151.
(58) *Mandement* in-4°. p. 15. in-12. p. XXVIII.

discours sont ineptes, à quoi donc le reconnoissez-vous pour Chrétien? & si le raisonneur ne réfute que des inepties, quel droit avez-vous de le taxer d'incrédulité? S'ensuit-il des inepties que débite un Inspiré que ce soit un catholique, & de celles que réfute un raisonneur, que ce soit un mécréant? Vous auriez bien pû, Monseigneur, vous dispenser de vous reconnoître à un langage si plein de bile & de déraison; car vous n'aviez pas encore donné votre Mandement.

Si la raison & la Révélation étoient opposées l'une à l'autre, il est constant, dites-vous, *que Dieu seroit en contradiction avec lui-même.* (59). Voila un grand aveu que vous nous faites là: car il est sûr que Dieu ne se contredit point. *Vous dites, ô Impies, que les dogmes que nous regardons comme révélés combattent les vérités éternelles: mais il ne suffit pas de le dire.* J'en conviens; tâchons de faire plus.

Je suis sûr que vous pressentez d'avance où j'en vais venir. On voit que vous passez sur cet article des misteres comme sur des charbons ardens; vous osez à peine y poser le pied. Vous me forcez pourtant à vous arrêter un moment dans cette situation douloureuse. J'aurai la discrétion de rendre ce moment le plus court qu'il se pourra.

Vous conviendrez bien, je pense, qu'une de ces vérités éternelles qui servent d'élémens à la raison est que la partie est moindre que le tout, & c'est pour avoir affirmé le contraire que l'Inspiré vous paroît tenir un discours plein d'ineptie. Or selon votre doctrine de la transubstantiation, lorsque Jésus fit la derniere Céne avec ses disciples

(59) *Mandement* in-4°. p. 15, 16. in-12. p. XXVIII.

ples & qu'ayant rompu le pain il donna son corps à chacun d'eux, il est clair qu'il tint son corps entier dans sa main, &, s'il mangea lui-même du pain consacré, comme il put le faire, il mit sa tête dans sa bouche.

VOILA donc bien clairement, bien précisément la partie plus grande que le tout, & le contenant moindre que le contenu. Que dites-vous à cela, Monseigneur? Pour moi, je ne vois que M. le Chevalier de Causans qui puisse vous tirer d'affaire.

JE SAIS bien que vous avez encore la ressource de Saint Augustin, mais c'est la même. Après avoir entassé sur la Trinité force discours inintelligibles il convient qu'ils n'ont aucun sens; *mais*, dit naïvement ce Pere de l'Eglise, *on s'exprime ainsi, non pour dire quelque chose, mais pour ne pas rester muet* (60).

TOUT bien considéré, je crois, Monseigneur, que le parti le plus sûr que vous ayez à prendre sur cet article & sur beaucoup d'autres, est celui que vous avez pris avec M. de Montazet, & par la même raison.

La mauvaise foi de l'Auteur d'Emile n'est pas moins révoltante dans le langage qu'il fait tenir à un Catholique prétendu. (61) Nos Catholiques, *lui fait-il dire*, „ font grand bruit de l'autorité de l'Eglise: mais que gagnent-ils à cela, „ s'il leur faut un aussi grand appareil de preuves pour cette autorité qu'aux autres sectes „ pour établir directement leur doctrine? L'E„ glise décide que l'Eglise a droit de décider.

(60) *Dictum est tamen tres persona, non ut aliquid diceretur, sed ne taceretur.* Aug. de Trinit. L. V. c. 9.

(61) *Mandement* in-4°. p. 15. in-12. p. XXVI.

„ Ne voilà-t-il pas une autorité bien prouvée? „ *Qui ne croiroit, M. T. C. F., à entendre cet imposteur, que l'autorité de l'Eglise n'est prouvée que par ses propres décisions, & qu'elle procéde ainsi; je décide que je suis infaillible; donc je le suis? imputation calomnieuse, M. T. C. F.* Voilà, Monseigneur, ce que vous assurez : il nous reste à voir vos preuves. En attendant, oseriez-vous bien affirmer que les Théologiens Catholiques n'ont jamais établi l'autorité de l'Eglise par l'autorité de l'Eglise, *ut in se virtualiter reflexam?* S'ils l'ont fait, je ne les charge donc pas d'une imputation calomnieuse.

(62) *La constitution du Christianisme, l'esprit de l'Evangile, les erreurs mêmes & la foiblesse de l'esprit humain tendent à démontrer que l'Eglise établie par Jésus-Christ est une Eglise infaillible.* Monseigneur, vous commencez, par nous payer-là de mots qui ne nous donnent pas le change: Les discours vagues ne font jamais preuve, & toutes ces choses qui tendent à démontrer, ne démontrent rien. Allons donc tout d'un coup au corps de la démonstration : le voici.

Nous assurons que comme ce divin Législateur a toujours enseigné la vérité, son Eglise l'enseigne aussi toujours (63).

Mais qui êtes-vous, vous qui nous assurez cela pour toute preuve? Ne seriez-vous point l'Eglise ou ses chefs? A vos manieres d'argumenter vous paroissez compter beaucoup sur l'assistance du Saint Esprit. Que dites-vous donc, & qu'a dit l'Imposteur? De grace, voyez cela vous-mêmes; car je n'ai pas le courage d'aller jusqu'au bout.

---

(62) *Mandement* in 4°. p. 15. in-12. p. XXVI.

(63) Ibid: cet endroit mérite d'être lu dans le Mandement même.

Je dois pourtant remarquer que toute la force de l'objection que vous attaquez si bien, consiste dans cette phrase que vous avez eu soin de supprimer à la fin du passage dont il s'agit. *Sortez de là, vous rentrez dans toutes mes discussions* (64).

En effet, quel est ici le raisonnement du Vicaire? Pour choisir entre les Religions diverses, il faut, dit-il, de deux choses l'une; ou entendre les preuves de chaque secte & les comparer; ou s'en rapporter à l'autorité de ceux qui nous instruisent. Or le premier moyen suppose des connoissances que peu d'hommes sont en état d'acquérir, & le second justifie la croyance de chacun dans quelque Religion qu'il naisse. Il cite en exemple la Religion catholique où l'on donne pour loi l'autorité de l'Eglise, & il établit là-dessus ce second dilemme. Ou c'est l'Eglise qui s'attribue à elle-même cette autorité, & qui dit; *je décide que je suis infaillible; donc je le suis*: & alors elle tombe dans le sophisme appellé cercle vicieux; Ou elle prouve qu'elle a reçu cette autorité de Dieu; & alors il lui faut un aussi grand appareil de preuves pour montrer qu'en effet elle a reçu cette autorité, qu'aux autres sectes pour établir directement leur doctrine: Il n'y a donc rien à gagner pour la facilité de l'instruction, & le peuple n'est pas plus en état d'examiner les preuves de l'autorité de l'Eglise chez les Catholiques, que la vérité de la doctrine chez les Protestans. Comment donc se déterminera-t-il d'une maniere raisonnable autrement que par l'autorité de ceux qui l'instruisent? Mais alors le Turc se déterminera de même. En quoi le Turc est-il plus coupable que nous? Voilà, Monseigneur, le

(64) Emile Tom. III. p. 165.

raisonnement auquel vous n'avez pas répondu & auquel je doute qu'on puisse répondre (65). Votre franchise Episcopale se tire d'affaire en tronquant le passage de l'Auteur de mauvaise foi.

GRACE au Ciel j'ai fini cette annuyeuse tâche. J'ai suivi pied-à-pied vos raisons, vos citations, vos censures, & j'ai fait voir qu'autant de fois que vous avez attaqué mon livre, autant de fois vous avez eu tort. Il reste le seul article du Gouvernement, dont je veux bien vous faire grace; très sûr que quand celui qui gémit sur les miseres du peuple, & qui les éprouve, est accusé par vous d'empoisonner les sources de la félicité publique, il n'y a point de Lecteur qui ne sente ce que vaut un pareil discours. Si le Traité du Contract Social n'existoit pas, & qu'il fallût prouver de nouveau les grandes vérités que j'y développe, les complimens que vous faites à mes dépens aux Puissances, seroient un des faits que je citerois en preuve, & le sort de l'Auteur en seroit un autre encore

(65) C'est ici une de ces objections terribles auxquelles ceux qui m'attaquent se gardent bien de toucher. Il n'y a rien de si commode que de répondre avec des injures & de saintes déclamations; on élude aisement tout ce qui embarrasse. Aussi faut-il avouer qu'en se chamaillant entre eux les Théologiens ont bien des ressources qui leur manquent vis à vis des ignorans, & auxquelles il faut alors suppléer comme ils peuvent. Ils se payent réciproquement de mille suppositions gratuites qu'on n'ose recuser quand on n'a rien de mieux à donner soi-même. Telle est ici l'invention de je ne sais quelle foi infuse qu'ils obligent Dieu, pour les tirer d'affaire, de transmettre du pere à l'enfant. Mais ils réservent ce jargon pour disputer avec les Docteurs; s'ils s'en servoient avec nous autres profanes, ils auroient peur qu'on ne se moquât d'eux.

plus frappant. Il ne me reste plus rien à dire à cet égard; mon seul exemple a tout dit, & la passion de l'intérêt particulier ne doit point souiller les vérités utiles. C'est le Décret contre ma personne, c'est mon Livre brûlé par le bourreau, que je transmets à la postérité pour pieces justificatives : Mes sentimens sont moins bien établis par mes Ecrits que par mes malheurs.

Je viens, Monseigneur, de discuter tout ce que vous alléguez contre mon Livre. Je n'ai pas laissé passer une de vos propositions sans examen; j'ai fait voir que vous n'avez raison dans aucun point, & je n'ai pas peur qu'on réfute mes preuves; elles sont au-dessus de toute réplique où regne le sens-commun.

Cependant quand j'aurois eu tort en quelques endroits, quand j'aurois eu toujours tort, quelle indulgence ne méritoit point un Livre où l'on sent par-tout, même dans les erreurs, même dans le mal qui peut y être, le sincere amour du bien & le zèle de la vérité? Un Livre où l'Auteur, si peu affirmatif, si peu décisif, avertit si souvent ses lecteurs de se défier de ses idées, de peser ses preuves, de ne leur donner que l'autorité de la raison? Un Livre qui ne respire que paix, douceur, patience, amour de l'ordre, obéissance aux Loix en toute chose, & même en matiere de Religion? Un Livre enfin où la cause de la divinité est si bien défendue, l'utilité de la Religion si bien établie, où les mœurs sont si respectées, où l'arme du ridicule est si bien ôtée au vice, où la méchanceté est peinte si peu sensée, & la vertu si aimable? Eh! quand il n'y auroit pas un mot de vérité dans cet ouvrage, on en devroit honorer & chérir les rêveries, comme les chimeres les plus douces qui puissent flatter &

nourrir le cœur d'un homme de bien. Oui, je ne crains point de le dire; s'il existoit en Europe un seul gouverment vraiment éclairé, un gouvernement dont les vues fussent vraiment utiles & saines, il eût rendu des honneurs publics à l'Auteur d'Emile, il lui eût élevé des statues. Je connoissois trop les hommes pour attendre d'eux de la reconnoissance; je ne les connoissois pas assez, je l'avoue, pour en attendre ce qu'ils ont fait.

Après avoir prouvé que vous avez mal raisonné dans vos censures, il me reste à prouver que vous m'avez calomnié dans vos injures: Mais puisque vous ne m'injuriez qu'en vertu des torts que vous m'imputez dans mon Livre, montrer que mes prétendus torts ne sont que les vôtres, n'est-ce pas dire assez que les injures qui les suivent ne doivent pas être pour moi. Vous chargez mon ouvrage des épithètes les plus odieuses, & moi je suis un homme abominable, un téméraire, un impie, un imposteur. Charité Chrétienne, que vous avez un étrange langage dans la bouche des Ministres de Jésus-Christ!

Mais vous qui m'osez reprocher des blasphêmes, que faites-vous quand vous prenez les Apôtres pour complices des propos offensans qu'il vous plaît de tenir sur mon compte? A vous entendre, on croiroit que Saint Paul m'a fait l'honneur de songer à moi, & de prédire ma venue comme celle de l'Antechrist. Et comme l'a-t-il prédite, je vous prie? Le voici. C'est le début de votre Mandement.

Saint Paul a prédit, mes très chers Freres, qu'il viendroit des jours périlleux où il y auroit des gens amateurs d'eux-mêmes, fiers, superbes, blasphémateurs, impies, calomniateurs, enflés d'orgueil, amateurs des voluptés plutôt que de Dieu;

des hommes d'un esprit corrompu & pervertis dans la foi (66).

Je ne conteste assurément pas que cette prédiction de Saint Paul ne soit très-bien accomplie ; mais s'il eût prédit, au contraire, qu'il viendroit un tems où l'on ne verroit point de ces gens-là, j'aurois été, je l'avoue, beaucoup plus frappé de la prédiction, & sur-tout de l'accomplissement.

D'après une prophétie si bien appliquée, vous avez la bonté de faire de moi un portrait dans lequel la gravité Episcopale s'égaye à des antithèses, & où je me trouve un personnage fort plaisant. Cet endroit, Monseigneur, m'a paru le plus joli morceau de votre Mandement. On ne sauroit faire une satyre plus agréable, ni diffamer un homme avec plus d'esprit.

Du sein de l'erreur, (Il est vrai que j'ai passé ma jeunesse dans votre Eglise.) *Il s'est élevé* (pas fort haut,) *un homme plein du langage de la philosophie*, (comment prendrois-je un langage que je n'entends point ?) *sans être véritablement philosophe :* (Oh ! d'accord : je n'aspirai jamais à ce titre, auquel je reconnois n'avoir aucun droit ; & je n'y renonce assurément pas par modestie.) *esprit doué d'une multitude de connoissance.* (J'ai appris à ignorer des multitudes de choses que je croyois savoir.) *qui ne l'ont pas éclairé*, (elles m'ont appris à ne pas penser l'être.) *& qui ont répandu les ténébres dans les autres esprits :* (Les ténébres de l'ignorance valent mieux que la fausse lumiere de l'erreur.) *caractere livré aux paradoxes d'opinions & de conduite ;* (Y a-t-il beaucoup à perdre à ne pas agir & penser comme tout le monde ?) *alliant la simplicité des mœurs avec le faste des pensées ;* (La simplicité des mœurs

(66) *Mandement* in-4°. p. 4. in 12. p. XVII.

élève l'ame; quant au faste de mes pensées, je ne sais ce que c'est.) *le zèle des maximes antiques avec la fureur d'établir des nouveautés;* (Rien de plus nouveau pour nous que des maximes antiques : il n'y a point à cela d'alliage, & je n'y ai point mis de fureur.) *l'obscurité de la retraite avec le désir d'être connu de tout le monde:* (Monseigneur, vous voilà comme les faiseurs de Romans, qui devinent tout ce que leur Héros a dit & pensé dans sa chambre. Si c'est ce desir qui m'a mis la plume à la main, expliquez comment-il m'est venu si tard, ou pourquoi j'ai tardé si long-tems à le satisfaire?) *On l'a vû invectiver contre les sciences qu'il cultivoit:* (Cela prouve que je n'imite pas vos gens de Lettres, & que dans mes écrits l'intérêt de la vérité marche avant le mien.) *préconiser l'excellence de l'Evangile,* (toujours & avec le plus vrai zéle.) *dont il détruisoit les dogmes,* (Non, mais j'en prêchois la charité, bien détruite par les Prêtres.) *peindre la beauté des vertus qu'il éteignoit dans l'ame de ses Lecteurs.* (Ames honnêtes, est-il vrai que j'éteins en vous l'amour des vertus?

Il s'est fait le Précepteur du genre humain pour le tromper, le Moniteur public pour égarer tout le monde, l'oracle du siécle pour achever de le perdre. (Je viens d'examiner comment vous avez prouvé tout cela.) *Dans un ouvrage sur l'inégalité des conditions,* (Pourquoi des conditions? ce n'est là ni mon sujet ni mon titre.) *il avoit rabbaissé l'homme jusqu'au rang des bêtes;* (Lequel de nous deux l'élève ou l'abbaisse, dans l'alternative d'être bête ou méchant?) *dans une autre production plus récente il avoit insinué le poison de la volupté:* (Eh! que ne puis-je aux horreurs de la débauche substituer le charme de la volupté! Mais rassurez-vous, Monseigneur; vos

Prêtres sont à l'épreuve de l'Héloïse, ils ont pour préservatif l'Aloïsia.) *Dans celui-ci, il s'empare des premiers momens de l'homme afin d'établir l'empire de l'irréligion.* (Cette imputation a déja été examinée.)

VOILA, Monseigneur, comment vous me traitez, & bien plus cruellement encore; moi que vous ne connoissez point, & que vous ne jugez que sur des ouï dire. Est-ce donc là la morale de cet Evangile dont vous vous portez pour le défenseur? Accordons que vous voulez préserver votre troupeau du poison de mon Livre; pourquoi des personnalités contre l'Auteur? J'ignore quel effet vous attendez d'une conduite si peu chrétienne, mais je sais que défendre sa Religion par de telles armes, c'est la rendre fort suspecte aux gens de bien.

CEPENDANT c'est moi que vous appellez téméraire. Eh! comment ai-je mérité ce nom, en ne proposant que des doutes, & même avec tant de réserve; en n'avançant que des raisons, & même avec tant de respect, en n'attaquant personne, en ne nommant personne? Et vous, Monseigneur, comment osez-vous traiter ainsi celui dont vous parlez avec si peu de justice & de bienséance, avec si peu d'égard, avec tant de légereté?

Vous me traitez d'impie; & de quelle impiété pouvez-vous m'accuser, moi qui jamais n'ai parlé de l'Etre suprême que pour lui rendre la gloire qui lui est dûe, ni de prochain que pour porter tout le monde à l'aimer? Les impies sont ceux qui profânent indignement la cause de Dieu en la faisant servir aux passions des hommes. Les impies sont ceux qui, s'osant porter pour interprêtes de la divinité, pour arbitres entre elle & les hommes, exigent pour eux-mêmes les honneurs qui lui sont dûs. Les impies sont ceux qui s'arrogent le droit d'exercer le pouvoir de Dieu sur la terre & veulent ouvrir & fermer le Ciel à leur gré. Les impies sont ceux qui font lire des Libelles dans les Eglises. . . . . A cette idée horrible tout mon sang s'allume, & des larmes d'indignation coulent de mes yeux. Prêtres du Dieu de paix, vous lui rendrez compte un jour, n'en doutez pas, de l'usage que vous osez faire de sa maison.

Vous me traitez d'Imposteur ! & pourquoi ? Dans votre maniere de penser, j'erre; mais où est mon imposture ? Raisonner & se tromper; est-ce en imposer ? Un sophiste même qui trompe sans se tromper n'est pas un imposteur encore, tant qu'il se borne à l'autorité de la raison, quoiqu'il en abuse. Un imposteur veut être cru sur sa parole, il veut lui-même faire autorité. Un imposteur est un fourbe qui veut en imposer aux autres pour son profit, & où est, je vous prie, mon profit dans cette affaire ? Les imposteurs sont, selon Ulpien, ceux qui font des prestiges, des imprécations, des exorcismes : or assurément je n'ai jamais rien fait de tout cela.

Que vous discourez à votre aise, vous autres hommes constitués en dignité ! Ne reconnoissant de droits que les vôtres, ni de Loix que celles que vous imposez loin de vous faire un devoir d'être justes, vous ne vous croyez pas même obligés d'être humains. Vous accablez fiérement le foible sans répondre de vos iniquités à personne : les outrages ne vous coûtent pas plus que les violences; sur les moindres convenances d'intérêt ou d'état, vous nous balayez devant vous comme la poussiere. Les uns décrétent & brûlent, les autres diffament & deshonorent sans droit, sans raison, sans mépris, même sans colere, uniquement parce que cela les arrange, & que l'infortuné se trouve sur leur chemin. Quand vous nous insultez impunément, il ne nous est pas même permis de nous plaindre, & si nous montrons notre innocence & vos torts, on nous accuse encore de vous manquer de respect.

Monseigneur, vous m'avez insulté publiquement : Je viens de prouver que vous m'avez calomnié. Si vous étiez un particulier comme moi, que je pusse vous citer devant un Tribunal équitable, & que nous y comparussions tous deux, moi avec mon Livre, & vous avec votre Mandement; vous y seriez certainement déclaré coupable, & condamné à me faire une réparation aussi publique que l'offense l'a été. Mais vous tenez un rang où l'on est dispensé d'être juste; & je ne suis rien. Cependant, vous qui professez l'Evangile; vous Prélat fait pour apprendre aux autres leur devoir, vous savez le vôtre en pareil cas. Pour moi, j'ai fait le mien, je n'ai plus rien à vous dire, & je me tais.

Daignez, Monseigneur, agréer mon profond respect.

A Môtiers le 18. Novembre 1762.

J. J. ROUSSEAU.

AVIS *de l'Imprimeur.*

L'Auteur de cet Ouvrage ne s'étant pas trouvé à portée de revoir les épreuves, on ne doit point lui attribuer les fautes qui peuvent s'y être glissées malgré tous mes soins pour la correction.

www.ingramcontent.com/pod-product-compliance
Ingram Content Group UK Ltd.
Pitfield, Milton Keynes, MK11 3LW, UK
UKHW020331180726
13839UKWH00002B/643

9 782329 335742